# TOYING - CALEB

## VERSIONE ITALIANA

## KYLIE GILMORE

*Traduzione di*
MIRELLA BANFI

*Toying – Caleb* © 2021 di Kylie Gilmore

Copertina di: Michele Catalano Creative

Traduzione di: Mirella Banfi

Pubblicato da: Extra Fancy Books

ISBN-13: 978-1-64658-094-1

**1**

_____

*Sloane*

Okay, dite pure che sono un po' stramba. E allora, che cosa c'è di strano se sto bevendo qualcosa da sola nel bar della mia città natale, di sabato sera? Bevo un sorso di *black and tan*, il cocktail di birra scura e chiara, sentendomi più appariscente che mai tra la folla di questa sera. Sembra che sia capitata in una riunione della famiglia Robinson o roba simile. L'Horseman Inn, uno storico bar e ristorante in città, appartiene alla famiglia Robinson da generazioni. Ma questa è una quantità epica di Robinson, che sembrano essersi moltiplicati mentre ero via. È il sabato dopo il Giorno del Ringraziamento, quindi probabilmente avevano bisogno di uscire di casa dopo tutti i festeggiamenti, le partite di *touch football* e qualunque altra cosa facciano le grandi famiglie felici. Non saprei, siamo solo papà e io, da molto tempo.

Un tizio dall'altra parte del bar, sulla trentina con i capelli biondi lisci, coglie la mia attenzione, alzando una mano per salutare. Il mio polso accelera. Niente anello al dito e non lo conosco da quando abitavo qui.

Lo saluto con la mano e sento le guance che scottano. *Calmati!* Bevo un sorso del mio drink, sperando che si avvicini. Non sono brava a flirtare. Si potrebbe pensare il contrario, visto che ho sempre avuto solo amici maschi. So come funziona il loro cervello. Sfortunatamente, la maggior parte degli uomini mi considera un'amica o qualcuno che può aiutarli con la loro auto. Sono un meccanico.

Non dovrei farmi illusioni. Gli uomini di bell'aspetto non tentano mai di rimorchiarmi in un bar, o da nessun'altra parte, se è per quello. Di solito, il modo in cui finisco con un uomo è semplice: uno dei miei amici si arrapa e fa una mossa. Io sono lì, a portata di mano. Poi non siamo più amici, perché le cose diventano strane dopo aver fatto sesso. La maggior parte di queste storie si sgonfia dopo un paio di settimane al massimo.

Non tento più di farmi avanti io con i ragazzi carini dopo quella volta mortificante in cui avevo avvicinato un tizio in un bar. Pensavo che mi stesse rivolgendo occhiate interessate e, imitando i miei amici maschi, gli avevo detto che mi sentivo giù finché lui non mi aveva fatto andare su di giri. Già, l'avevo proprio fatto. A mia difesa avevo visto parecchie volte i miei amici avere successo con questa tecnica. Dio, com'era andata male! Mi aveva chiesto se in realtà ero un maschio vestito da donna. Poi mi aveva tirato i capelli per vedere se era una parrucca. Davvero. È proprio successo. Quindi non vi sorprenderete se non ho mai avuto una relazione che durasse più di due settimane, e mi scoccia da morire perché vorrei veramente avere una relazione seria.

Il ragazzo carino fa la sua mossa e occupa lo sgabello vuoto accanto a me. Sono veramente eccitata che qualcuno mi rimorchi in un bar. È lusinghiero e promette bene. È vestito bene, con una camicia e jeans. «Ciao, sono Brad.»

Sorrido, mettendomi i capelli dietro le orecchie. «Sloane.»

«Non lavori da Murray?»

«Sì.»

Murray è l'officina di mio padre qui in città.

Lui mi rivolge un sorriso bianchissimo. «Una donna meccanico, eh? È sexy.»

Apprezzo la parte dell'essere sexy, non molto il resto.

«Preferirei che mi definissero meccanico, non donna meccanico.»

«Permalosa.»

Sono scocciata. Certo che sono permalosa. Non mi sono mai sentita accettata dalla famiglia o dal mondo esterno perché mi piace fare il meccanico. Che si fottano. L'officina di papà è l'unico posto in cui mi sono mai sentita a casa. Questo tizio ha bisogno di essere istruito. «Tu che lavoro fai?»

«Agente di cambio.»

«La gente ti chiama agente di cambio maschio?»

Lui si avvicina. «Grintosa, mi piace. Senti, ho la Mercedez Benz qui fuori. Fa questo strano rumore quando accelero. Andiamo a fare un giro così puoi ascoltarlo e dirmi che cosa c'è che non va.»

Sento le guance che scottano per l'umiliazione. Perché illudermi che un uomo carino sia veramente interessato a me? Non sono una bellezza e lo so. Sono bassa, seno scarso e fianchi stretti. Niente curve come quelle che piacciono agli uomini. Ho anche i capelli castani, diritti che arrivano alle spalle e un viso così così. Stasera indosso una camicia bianca di cotone con le maniche lunghe e i leggings. Super alla moda. No!

Prendo un biglietto da visita dalla borsettina. «Ecco. Chiama l'officina lunedì mattina e prendi un appuntamento.» Spero di diventare un socio da Murray un giorno e non succederà mai se rinuncerò ai lavori pagati aiutando la gente con le loro auto nel mio tempo libero. Devo dimostrare a mio padre che posso procurarmi dei clienti. Non sono nemmeno sicura su questa faccenda del socio. Papà e io siamo a un punto morto per quanto riguarda la mia situazione lavorativa.

Brad prende il biglietto da visita e lo ficca nella tasca posteriore. «Grazie.» Abbassa la voce. «Ti piacciono le ragazze, Sloane? Potrebbe essere sexy.»

Wow, sono così contenta che trovi sexy tante cose di me. La gente dalla mente ristretta come lui mi giudica regolarmente per via del mio lavoro. Non che ci sia niente di male a essere gay. Non penso che si debba etichettare una persona perché il suo genere non va d'accordo con quello che uno crede sia quello giusto per quel determinato lavoro. Io non supporrei mai che un uomo che lavora in un campo prevalentemente femminile, come ad esempio un insegnante di scuola materna, sia gay per via del suo lavoro. Ciascuno dovrebbe fare il lavoro che gli si adatta meglio. Punto.

Lo guardo negli occhi. «Buffo che lo chieda. Sto aspettando che la mia ragazza torni dal bagno. Adesso puoi andare.»

Lui mi rivolge un sorriso lascivo. «Io ci starei. Che ne dici se andiamo a fare un giro, noi tre?»

«E tu che ne dici di tornare sotto il tuo sasso?»

«Stronza.»

Torna dall'altra parte del bar e poi parla con i suoi amici continuando a guardarmi, probabilmente raccontando loro della stronza. Stringo le labbra. Che coglione. Non riesco a credere di essermi eccitata per un attimo quando si è avvicinato.

Resto lì, non sono pronta ad andare a casa e affrontare le domande di mio padre riguardo le mie prospettive di lavoro. L'estate scorsa, dopo quattro anni, ho lasciato il lavoro di insegnante di matematica alle superiori. Sono a casa da cinque mesi, lavoro nell'officina di papà e non ho inviato nemmeno una domanda d'impiego perché non voglio lavorare da nessun'altra parte. Lui non sembra sentirmi quando gli dico quanto mi piacerebbe restare, lavorare da Murray's. Non lascia nemmeno che mi occupi della contabilità perché non vuole che mi faccia coinvolgere, quando l'officina dovrebbe essere solo una breve pausa nel mio percorso verso una carriera migliore.

Papà è super orgoglioso che sia stata la prima della nostra famiglia a frequentare il college e insiste che ho bisogno di un lavoro che mi permetta di usare la mia laurea. Solo per evitare discussioni, gli ho detto di aver inviato diversi curricula ma che non c'era ancora niente. Lui insiste che usi la mia laurea perché era stato obbligato ad abbandonare la scuola e a occuparsi dell'officina per mantenere la famiglia quando suo padre era morto improvvisamente per un infarto. Lo capisco, non aveva avuto scelta. Ma la carriera che lui non aveva scelto è quella che invece ho scelto io. Come ho detto, siamo in una situazione di stallo.

Nella sala da pranzo posteriore scende il silenzio. Do un'occhiata. Eli Robinson ha smesso di suonare la chitarra acustica. Jenna, la sua ragazza, è seduta davanti a lui e lo guarda adorante. Ho riparato le loro auto dopo un piccolo tamponamento.

Torno al mio drink. Qualche minuto dopo si sentono applausi e fischi venire dalla sala da pranzo. Sembra che Eli e Jenna si siano appena fidanzati. Erano più avanti di me a scuola, quindi non li conosco bene. Anche così, sento un groppo in gola vedendo Jenna che ride e piange allo stesso tempo. La loro famiglia e gli amici li circondano, abbracciandoli e congratulandosi. Una grande famiglia felice. Quando la mamma se n'è andata, essere figlia unica era sembrato ancora più solitario. Fantasticavo di far parte di una famiglia numerosa, fratelli con cui giocare, sorelle che mi insegnassero tutta quella roba che le ragazze sembrano sapere istintivamente. Un giorno spero di avere una famiglia numerosa tutta mia e poi non mi sentirò mai più emarginata.

*Giusto.* Mi volto, disegnando una X nella condensa sul bicchiere. Ho solo bisogno di un uomo che alla prima occhiata non pensi "amica" oppure "riparazioni gratuite". Immagino che questa sera possa aggiungere *ménage à trois* a quella lista.

Parlare con gli uomini non mi intimidisce, in fondo ho sempre avuto amici maschi, quindi un momento dopo, quando sento un tizio dire del cane che ha appena adottato: «L'unico mio amore è Huckleberry» mi sento obbligata a reagire dicendo *Huckleberry. Ma sei serio?*

Mi volgo e vedo Caleb Robinson – modello – circondato da donne. Naturale. È come il sole intorno al quale ruotano le donne. Non si può negare la sua bellezza virile. Perfetto, dagli zigomi spigolosi alla mandibola squadrata e al corpo muscoloso e proporzionato. Mi vengono in mente gli dèi greci.

«Almeno chiamalo Huck» dico. «Gli altri cani lo prenderanno in giro con un nome come quello.»

*Oh, merda. Si sta avvicinando.*

Resisto appena alla tentazione di lisciarmi i capelli. Non
ho imparato niente da quello che è successo stasera? Gli
uomini come lui non si interessano mai alle ragazze come me.
Questa volta però sarò indifferente. Le speranze stanno a
zero.

Lui si avvicina, la sicurezza di sé personificata, con un
sorrisino sulle labbra sensuali.

Il mio polso accelera e mi preparo all'impatto. Non sono
nemmeno lontanamente nella stessa categoria di Caleb. Lui è
qui solo per giustificare il nome ridicolo del suo cane.

Si appoggia al bancone accanto a me. È vestito da motociclista: giacca nera di pelle sopra un'aderente maglia termica
grigia, jeans neri e stivali. È uno strano contrasto con il suo
aspetto curato. I capelli castano chiaro sono tagliati cortissimi
e mettono in evidenza gli angoli cesellati del volto dalla barba
ben rasata. Non so come, ma il look gli dona.

Mi rivolge un sorriso che mi dà una scossa inaspettata. È
ancora più bello di persona che in fotografia. E credetemi, *non*
è sempre così. Conosco il mondo della moda e della pubblicità. La mamma mi ci ha fatto vivere finché avevo smesso di
essere caruccia ed ero finita a faccia in giù nella goffaggine.
Un fotografo aveva detto alla mamma, sussurrando abbastanza forte perché lo sentissi chiaramente, che ero il brutto
anatroccolo al contrario: avevo cominciato come bambina
adorabile e poi... basta. Aveva detto che avrei semplicemente
dovuto smettere, che nessuno mi avrebbe più assunta. La
mamma non mi aveva difesa; invece mi aveva studiata con
occhio critico e poi era sembrata rassegnata. Avevo dodici
anni. Respingo in fondo alla mente i ricordi orrendi di quello
che era seguito e che ancora adesso mi fa stare male.

Caleb china la testa vicino al mio orecchio. «Hai qualche
problema con il nome Huckleberry?»

Gli presto immediatamente attenzione. «Dai, che razza di
nome è per un cane?»

«Uno giusto. Lui è Huckleberry.» Mi fissa per un lungo momento. «Tu sei Sloane, vero? Di Murray's?»

*Per favore non dirmi che dovrei dare un'occhiata alla tua auto.* Non riuscirei a sopportare due uomini di fila che mi chiedono un consulto gratuito il sabato sera. Sarebbe un minimo storico per me. Una parte di me vuole tenere in vita la fantasia che un giorno un uomo mi vorrà per avere quella famiglia numerosa che ho sempre desiderato.

Faccio l'indifferente, cambiando argomento. «Sì, so chi sei tu, Caleb Robinson. Ho visto alcune delle tue pubblicità.»

«Bello. Io ti ricordo da quando andavamo a scuola. Eri un anno avanti a me. Eli mi aveva detto che eri tornata in città.»

Annuisco e torna alla mia *black and tan*, bevendo un sorso. Le speranze restano a zero e va bene così. Comunque non c'è altro da dire. Il suo cane ha un nome buffo, e lui lo sostiene. Non gli chiederò certamente di parlarmi della sua carriera di modello. È il mondo che mi ha sfruttata e poi sputata.

«Spero che non ti dispiaccia se resto qui un po'» dice. «Mia sorella aveva quell'espressione decisa negli occhi, da paura, e stava venendo proprio da me. Ho avuto la sensazione che avesse in mente di affibbiarmi qualcuno. Aveva cercato di farlo con Eli e temo che sarò il prossimo.»

Mi volto a guardarlo. «E se scegliesse una donna eccezionale?»

Lui rabbrividisce. «No, grazie. Preferisco tenere mia sorella fuori dalla mia vita personale. Può diventare implacabile. Non fraintendermi, le voglio bene. Per me è una seconda madre, ma adesso sono un adulto.» In città tutti sanno che sua madre è morta in un incidente quando erano bambini. La sorella maggiore, Sidney, ovviamente vorrà occuparsi di lui. Ma quando guardo l'uomo muscoloso, alto sul metro e ottantacinque, non ci sono dubbi che sia un adulto. Sento la gola secca. «Capisco.»

«Posso offrirti da bere, intanto che sono qui?»

Guardo il mio bicchiere mezzo pieno. «Ho già da bere.»

Lui ridacchia. «Già. Ti offrirò il prossimo.»

Prima che possa rispondere, mi informa, senza che glielo

chieda, che Jenna ed Eli quasi non si erano messi insieme perché Sidney non approvava, perché Jenna si era lasciata alle spalle dei cuori infranti a causa della sua incapacità di avere relazioni serie. Sembra molto maturo e come se sapesse che cosa significa una relazione seria. Sento farsi strada un briciolo di speranza.

«Sembra che tu sia esperto di relazioni» dico.

«Non proprio» risponde ridendo. «Per niente. Il fatto è che più una donna mi dà la caccia, meno mi interessa. E mi danno sempre la caccia.»

*Speranza zero. Niente, valore nullo.*

«Ovvio» dico senza dargli importanza.

Lui sorride, scuotendo la testa. «Sembravo presuntuoso. Giuro, non sono così.»

«Uh-uh.»

Caleb sembra pensieroso e mi fissa negli occhi. «Immagino di non aver mai incontrato la donna giusta.»

«Non ti è capitata nessuna bella modella?»

«Non è quello che ho detto.»

Bevo un sorso del mio drink, evitando di commentare. Dovrei andarmene. Caleb può scegliere la donna che vuole e sua sorella gli sta presentando le donne single. Io non faccio parte dell'equazione.

«Con chi sei qui?» mi chiede.

Quasi spiffero la verità: che sono venuta da sola perché non sopportavo più le domande di mio padre. Le due amiche che avevo alle superiori si sono trasferite e il mio migliore amico, Max, è uscito con una donna, ma sembrerei patetica. Io non sono patetica. È così che sono andate le cose questa sera.

Bevo un altro sorso di birra, sentendomi nuovamente fuori posto e troppo imbarazzata per andarmene.

Lui continua. «Ricordo che giocavi a calcio alle superiori. Eri bravissima, scartavi tutti, un fulmine.»

Mi volto di scatto a guardarlo. Dovrei credere che il ragazzo d'oro della Scuola Superiore di Summerdale guardava veramente il calcio femminile e me in particolare? Sanno tutti che Caleb aveva un codazzo di ragazze che lo seguiva fin dalle elementari.

«Grazie» dico, con le guance che si arrossano nonostante la mia decisione di restare calma. Non ricevo molti complimenti.

Caleb curva le labbra in un sorriso sexy che fa volare le farfalle nel mio stomaco. «Sei qui da sola?» Guarda lo sgabello vuoto di fianco a me. Oltre quello c'è un gruppo di donne che non conosco.

Rizzo il pelo. Deve sospettare che sia qui da sola e mi compiange. Poi mi chiederà di unirmi ai festeggiamenti di famiglia, e non è il mio posto. Non sapevo che ci sarebbe stata una festa di fidanzamento quando sono venuta. Volevo solo uscire di casa.

Metto qualche banconota sul bancone. «Ti lascio tornare ai vostri festeggiamenti.» Salto giù dallo sgabello e me ne vado, sentendo i suoi occhi su di me.

Per un breve momento penso che forse ci stava provando con me. Mi aveva offerto da bere. È possibile che chiedesse insistentemente con chi ero perché sperava che fossi single? Nooo. È circondato da donne con tutte le curve al posto giusto, coi maglioni aderenti e vestiti attillati. E non sono nemmeno imparentate con lui. L'unica donna della sua famiglia è Sydney.

Anche così non riesco a resistere a darmi un'occhiata alle spalle. È già circondato da belle donne sorridenti.

Vado risoluta verso la porta. E mi stava giusto parlando di evitare i maneggi matrimoniali di sua sorella. Ovviamente non vuole avere una relazione seria e io non ho nessuna intenzione di far parte del suo harem. Non che lui l'abbia chiesto.

## 2

*Sloane*

Due giorni dopo sono di nuovo nel posto dove sono felice: l'odore di grasso e gomma, il suono degli utensili che arriva dalle campate dell'officina, l'imprecare soffocato di papà che lavora qui vicino. Faccio rotolare al suo posto uno pneumatico invernale per una vecchia Toyota, fischiettando tra me e me. Datemi degli utensili e una varietà di auto e sono come una bambina in un negozio di dolciumi.

Dopo aver finito di montare e bilanciare gli pneumatici, porto la Toyota nel piazzale, perché il cliente la possa ritirare. Guardo gli ordini di lavoro sull'elenco di papà. Facciamo riparazioni e lavori di carrozzeria. Sembra che lui stia lavorando alla riparazione di una trasmissione automatica. Max sta facendo il noioso lavoro di cambiare l'olio a una Honda. Ooh, la frizione di una Nissan GT-R. Che bella auto. Mi piace la complessità dei sistemi elettrici più nuovi. Ho imparato tutto quello che so da mio padre. Ho assorbito le sue conoscenze nel miglior apprendistato del mondo, dopo la scuola, nei fine settimana e durante tutte le estati.

Il giorno in cui il fotografo aveva dichiarato che ero un brutto anatroccolo al contrario, ero tornata da scuola trovando la mia camera svuotata. Era come se avessero spogliato me.

Eccomi, una goffa dodicenne, con gli ormoni in subbuglio, vulnerabile, che soffriva ancora per essere stata definita non attraente dall'industria che prima mi adorava, che guardava il vuoto con la bocca aperta.

Ero rimasta sulla porta, sbalordita. Le porte dell'armadio rimaste aperte mostravano gli appendiabiti vuoti. Spariti i vestiti dei concorsi. Spariti tutti gli abiti per i provini: i maglioni morbidi, le camicette romantiche, abitini, gonne, scarpe di ogni colore. Ogni cosa carina destinata a una ragazza carina.

Il ripiano delle cassettiera senza più un accessorio per il trucco o per i capelli.

Tutte le tiare, i premi e le fasce di satin tolti dal loro posto d'onore sui miei scaffali.

Avevo aperto i cassetti trovando solo le semplici t-shirt e i jeans che indossavo per andare a scuola. Indumenti semplici per una ragazza normale.

Ero corsa per casa, cercando mia madre, proprio quando lei stava entrando. «Dov'è tutta la mia roba?»

La sua espressione era cupa. «Ho donato quello che ho potuto e gettato il resto. Non ci serve più.»

Mi si era chiusa la gola. «Avresti dovuto chiederlo a me.»

Mia madre aveva scosso la testa. «È ora di affrontare la realtà, Sloane. Non hai più quel quid. Non essere egoista. Magari qualche altra ragazza che lo merita potrà usare quella roba.»

Avevo sparso lacrime bollenti. Non mi meritavo le cose carine.

Lei aveva sospirato. «Le lacrime non cambieranno la situazione. Adesso vai a fare i compiti.»

Ero corsa da casa fino all'officina di mio padre, dall'altra parte della città. Mia madre se n'era andata poco dopo e sapevo esattamente il perché. I concorsi di bellezza, la mia carriera di modella, tutto il tempo passato a fare shopping e a farmi bella, quella era la *nostra* cosa. Era stata la mia manager, quella che mi aveva spinto a fare la modella bambina che aveva lavorato tanto dai sei agli undici anni. Appena avevo perso la mia faccia da bambina carina, la mia carriera era finita e anche il nostro legame. Era così delusa da me che aveva attraversato un oceano e si era trasferita a Londra. Aveva detto che io ero l'unico motivo per cui era rimasta così a lungo con mio padre. Poi l'avevo vista solo durante le annuali visite estive. Quando si era resa conto che volevo diventare un meccanico come mio padre, era stata la fine. Le telefonate e le e-mail erano diventate meno frequenti, le sue doverose visite estive più brevi.

Ora sono io che non voglio avere niente a che fare con lei. Il legame si è definitivamente spezzato.

«Ehi, Sloane» dice una voce maschile.

Mi volto e mi blocco. *Che cosa ci fa Caleb qui?*

È all'entrata di una campata vuota. Questa volta ha l'aspetto di un boscaiolo, sembra che venga diritto da un'impresa che vende attrezzature per gli sport all'aperto. Giacca a quadri rossa e nera su una dolcevita grigia, jeans scuri e stivali da trekking. Mi chiedo se si porti a casa tutto l'abbigliamento che usano quando fa il modello. Due giorni fa aveva l'aspetto di un motociclista. Devo ammetterlo, anche questo look è fantastico su di lui.

Entra nell'officina.

Di colpo non so che cosa fare con le mani, quindi le ficco nelle tasche della tuta blu. Ho l'improvviso desiderio di controllare nello specchio se ho del grasso sulla faccia, ma resisto. Sono al lavoro ed è così che sono quando sono qui. Ho i capelli legati in una bassa coda di cavallo, niente trucco e scarpe antinfortunistiche nere con la punta rinforzata.

Si ferma davanti a me, con un lieve sorriso sulle labbra. Da vicino, gli occhi appaiono verdi con pagliuzze dorate, incorniciati da ciglia folte. Non l'avevo notato alla luce bassa del bar. Capisco perché buchi l'obiettivo. «Ciao Sloane.» La sua voce è di velluto, calda e morbida, e mi avvolge.

«Ciao» dico piano. Il mio cuore accelera, ho i nervi a fior di pelle. Ho pensato alla nostra piccola chiacchierata di sabato sera più di quanto mi sarebbe piaciuto, cercando di capire se avessi fatto un casino. Mi aveva offerto un drink e io praticamente l'avevo piantato in asso. Significa qualcosa che si sia fatto vivo qui oppure ha bisogno di far riparare l'auto? Il mio giudizio potrebbe essere compromesso dall'accelerazione del mio polso, dai nervi sottosopra e da ogni passo falso che ho fatto in passato quando si trattava di uomini.

«Sei qui.» Un'ovvietà nella speranza che mi dica il perché.

Lui mi fissa con un'espressione ardente e mi manca il fiato. C'è una tensione incredibile nell'aria tra di noi. «Già.»

Il suono di una chiave pneumatica mi riporta alla realtà. Sono al lavoro. Papà e Max sono qui vicino.

Cerco di assumere un tono professionale. «Uh, allora, che cosa posso fare per te?»

Lui indica la sua Fiat 124 spider color argento. «Devo far controllare la mia auto.»

Mi sforzo di nascondere la mia delusione. Non è qui per me. Lui si prende veramente cura della sua auto, una convertibile a due posti. È in ottime condizioni, e non è facile con tutto il sale e la neve sulle strade a fine novembre in quest'area dello stato di New York. La mia auto non è così divertente. Guido una Subaru Impreza con il cambio manuale perché quando il tuo lavoro è aggiustare auto non vuoi doverti occupare della tua. La mia durerà a lungo. Però è piacevole guidare un'auto sportiva.

«Certo. Lasciami controllare quando c'è un posto disponibile» dico.

*Smettiamo di farci illusioni.*

Mi sposto verso il corto bancone dove c'è il laptop con il software di prenotazione. Max inarca le sopracciglia quando gli passo accanto, dandomi un'occhiata complice. Sento le guance che scottano. Gli ho raccontato di sabato sera. Conosco Max da sempre. Ha tre anni più di me e ha cominciato a lavorare qui part-time quando era alle superiori. Adesso lavora qui occasionalmente, solo in inverno, quando il lavoro nella sua impresa di giardinaggio rallenta. Anche lui è bello, capelli castani sempre un po' in disordine, occhi azzurri, barba. La verità? Quando ero un'adolescente avevo una cotta mostruosa per lui. Adesso lo conosco troppo bene, come amico, per continuare a rivangare un sentimento non ricambiato. Comunque, Max trova buffo che non abbia permesso a Caleb di offrirmi da bere.

Bene, è stato meglio così. A Caleb non interessa una relazione seria, ha detto di non averne mai avuta una e ha aggiunto che le donne gli danno continuamente la caccia. Io voglio una relazione seria. Quindi che importa se mi fa battere forte il cuore e la gola diventa secca ogni volta che lo guardo?

Caleb si avvicina, osservandomi mentre clicco sul calendario degli appuntamenti. «Allora, che cosa ti ha fatto tornare a Summerdale?» mi chiede. «Pensavo insegnassi matematica ad Hartford.» È in Connecticut, a poco più di un'ora d'auto da qui.

Gli do un'occhiata di sottecchi, sorpresa che sappia tanto di me. Forse papà chiacchiera con i clienti. «Ho deciso che insegnare non faceva per me. Lavoro qui mentre cerco un altro tipo di lavoro. Qualcosa in cui possa usare la mia Laurea in Matematica.» Detesto mentire così ma papà è abbastanza vicino da sentirmi, quindi non posso ammettere di non aver fatto assolutamente niente per cercare un nuovo lavoro. Tutto ciò che voglio è proprio qui.

Caleb si china verso di me e dice con la sua voce calda: «Beh, a me sembra che tu sia nel tuo ambiente naturale».

Sento che mi "vede", come se capisse che questo è il mio posto. Lo capiscono in così pochi. «Mi piace...»

«Non resterà!» dice papà prima di tornare in fondo all'officina per prendere un attrezzo. Papà ha passato i cinquanta, un orso d'uomo con una bella pancia. Io ho preso la mia taglia minuta da mia madre, anche se il resto di me sembra aver preso da lui.

Caleb mi sussurra all'orecchio: «Pare che ti licenzieranno presto. Meglio che ti dia da fare per cercarti un altro lavoro».

«Vuole solo che usi la mia laurea» sussurro e poi mi volto, guardando in avanti, di colpo conscia di come siamo vicini. Ha un buon profumo, di legni preziosi e qualcosa di solo suo.

Sento una botta di calore, sia per il desiderio sia per l'imbarazzo. Io probabilmente puzzo di olio per motori.

Controllo in fretta il calendario. «Ti va bene sabato mattina?»

«In effetti il sabato mattina lavoro nel dojo di mio fratello. Ricordi Drew? Gestisce la Robinson Martial Arts Academy.»

Sono intensamente conscia della sua presenza così vicino a me. Abbastanza vicino che se mi voltassi e mi spostassi solo un po' finirei tra le sue braccia. Come sarebbe avere le sue braccia forti intorno a me? Premermi contro il suo corpo muscoloso, respirare il suo profumo?

Mi sposto per guardarlo in faccia, senza pensare ad altro oltre il bisogno di esplorare questa sensazione meravigliosa. Lo guardo negli occhi nocciola e mi manca il fiato. Poi ricordo che devo rispondergli. «Certo, ricordo Drew. Non sapevo che lavorassi lì anche tu.»

Il suo sguardo passa dai miei occhi alle guance e alla mandibola, per fermarsi sulle mie labbra. La sua voce diventa roca. «Sì, part-time tra un ingaggio e l'altro come modello. Il sabato mattina ci sono tante classi di bambini.»

Mi lecco le labbra, sentendomi di colpo instabile. C'è qualcosa... Un'attrazione elettrica. «Quindi sei un istruttore?»

«Sì, certo. Sono cintura nera.» Mi dà una bella occhiata, dalla testa ai piedi. «Ci sono classi per principianti dedicate agli adulti. Dovresti passare il mercoledì sera. La prima lezione è gratuita.»

Mi sento sprofondare lo stomaco. *Accidenti.* Stava solo cercando di trovare nuovi iscritti per la scuola di karate di suo fratello. Devo aver immaginato la sua attrazione perché volevo che provasse quello che provo io... Probabilmente dà la stessa bell'occhiata a tutte le donne, come ha fatto con me. Una di quelle routine da uomini, catalogare mentalmente ogni particolare. Mi guardo attorno, chiedendomi se qualcuno ha notato la nostra piccola chiacchierata. Papà esce dal bagno in fondo. Max mima con la bocca *Hi-ya!* e finge un colpo di karate. Mi volto verso Caleb, che guarda Max a occhi stretti. Immagino che ci abbia visto.

«Uhm, no, grazie» dico. «Non mi piacciono le arti marziali. Che ne dici di giovedì per il controllo?»

«Certo, giovedì va bene. È sempre un bene imparare l'autodifesa, specialmente per qualcuno della tua taglia.»

Gli do un'occhiataccia. Sono ben conscia di essere alta un metro e mezzo e di avere pochi muscoli, ma non era il caso di parlarne. Riempio un promemoria dell'appuntamento e glielo do. «Ecco.»

«Grazie. Allora, con chi passi il tempo qui a Summerdale?»

Lo guardo. *Strana domanda.* Immagino che abbia capito che sabato sera ero da sola perché me n'ero andata senza salutare nessuno. «Di solito sono con Max, ma quella sera era occupato.» È per quello che ero da sola al bar. Indico Max con il pollice, ma adesso è nascosto dietro una Honda.

«Frequenti solo Max?»

«Sì. Le mie due amiche delle superiori si sono trasferite.» Sfortunatamente, i colleghi che avevo non si sono più fatti vivi una volta che mi sono dimessa. Li capisco. Nessuno ha voglia di guidare per più di un'ora per incontrarsi regolarmente.

«Max è il tuo ragazzo?» chiede Caleb.

Rido, finendo con un grugnito. «No. Siamo amici.»

Lui piega di lato la testa. «Qualche amica?»

Mi irrigidisco. Quando ero una ragazzina, le ragazze prendevano la mia naturale riservatezza come superbia per via della mia carriera di modella e mi evitavano. Quando avevo smesso di fare la modella, ero così disabituata alle chiacchiere tra ragazze che non ero più riuscita a rientrare nella cricca. Di default, ero amica dei maschi.

Incrocio le braccia. «Vedo continuamente gente.»

«Che cosa fai con questa gente che vedi continuamente?» chiede, assecondandomi.

Alzo le mani. «Cose. Non lo so.»

«Che ne dici se beviamo qualcosa insieme all'Horseman Inn giovedì sera e ti presento mia sorella e le sue amiche? Sono sempre lì nella Serata delle Donne.»

Lo fisso, perplessa. *Mi sta chiedendo di uscire o si sta offrendo di aiutarmi a farmi delle amiche?* Sua sorella e le sue amiche sono un gruppo affiatato fin dalle elementari. Sono venuta a patti con il fatto di non avere niente in comune con le altre donne. Non vogliono mai parlare di auto o di film horror. È quello che abbiamo in comune Max e io. Funziona.

Aspettate un minuto. Tutta questa confusione con Caleb ha finalmente senso. Dev'essere Max che mi sta facendo uno scherzo. Ovvio!

Scuoto la testa, sorridendo. «È stato Max a spingerti a farlo?»

∼

## Caleb

Guardo nei suoi occhi color ambra e, proprio come sabato sera, sento una scossa che mi fa accelerare il polso, che mi fa sentire vivo e sveglio. Dovevo rivederla per scoprire se i folli pensieri di quella sera erano sinceri. Non ho mai provato una cosa simile per un'altra donna. I pensieri che mi rimbalzano nella testa sul significato di quella scossa sono così fuori dal mondo che non posso parlarne con nessuno. È già abbastanza brutto che la gente non mi prenda sul serio perché sono un modello. Non ho intenzione di farlo per sempre, ma paga bene e risparmio ogni centesimo. Ho una Laurea in Scienze Motorie e intendo usarla in futuro, magari per diventare un personal trainer. Qualcosa che possa aiutare la gente. Ehi, sono più di un corpo muscoloso e una bella faccia.

Abbasso gli occhi su Sloane, fortemente tentato di strofinare lo sbaffo di grasso sulla guancia che sembra così morbida. La pelle liscia ha una tinta rosata che le dona un'aria di salute, il naso è stretto con la punta lievemente all'insù e i suoi occhi, color ambra dorata, formano un magnifico contrasto con i suoi capelli scuri. È bella senza sforzarsi di esserlo, niente trucco per aumentare la sua bellezza. Sono stanco di donne che portano quintali di trucco, come se si stessero nascondendo dietro una maschera. La maggior parte di quelle che incontro lavorano nel mio campo. Appaiono dolci e carine, ma a loro non interesso veramente. Quello che vogliono è che le presenti al mio agente o a un certo fotografo o, semplicemente, migliorare il loro status facendosi vedere con me alle feste giuste. Impostore e aspiranti celebrità.

Poi c'era stata Melissa, l'assistente di un fotografo. Pensavo fosse diversa. Per un mese siamo stati inseparabili finché l'ho scoperta a fare sesso con il mio coinquilino nell'appartamento che ho in città. Era il prossimo modello celebre, appena arrivato dalla Spagna. Vi meraviglia che non abbia avuto relazioni a lungo termine quando le donne che incontro sono così?

Voglio qualcuno che abbia abbastanza fiducia in sé da essere se stessa.

Qualcuno che non abbia secondi fini.

Sto aspettando quella giusta.

Quindi potrò anche avere una visione distorta dell'amore per via del corteggiamento leggendario dei miei genitori (papà le aveva chiesto di sposarlo al loro primo appuntamento) e del loro matrimonio felice. Sono sicuro che avrebbero avuto molti anni di felicità insieme se la mamma non fosse morta troppo presto per un incidente.

Ricordo Sloane dai tempi della scuola e l'ammiravo, ma non avevo mai tentato di avvicinarla allora perché ero un anno indietro e un piccoletto. Imbarazzante ma vero. Sono stato un metro e sessanta fino a sedici anni quando, praticamente nottetempo, sono passato a un metro e ottantacinque. Avevo avuto dei veri e propri dolori di crescita. Nonostante abbia sempre avuto un sacco di ragazze, la mia mancanza di sicurezza per essere stato un piccoletto mi aveva frenato quando si trattava di appuntamenti. Papà diceva che ero sbocciato tardi, ma meglio tardi che mai.

«No, non è stato Max» dico e mi diverte il fatto che Sloane sembri non capire che sono interessato a lei. «Non lo conosco nemmeno.» L'ho visto in giro ma non ci siamo mai parlati. Era quattro anni avanti a me a scuola.

Lei si mette le mani sui fianchi e guarda verso Max, come se sospettasse ancora che la stia prendendo in giro. Lui è troppo preso ad abbassare a terra una Honda per notarla. Mi chiedo come sia possibile che passino tutto il tempo insieme e siano ancora solo amici. Secondo la mia esperienza, uomini e donne non durano molto come amici prima che uno dei due ammetta di desiderare l'altro. È solo naturale. Sapevo che mio fratello Adam non aveva la minima possibilità di restare solo amico di Kayla, visto tutto il tempo che passavano insieme e, voilà, adesso sono fidanzati.

«Allora, per quel drink?» le chiedo, rinunciando alla pretesa di una cosa di gruppo nella Serata delle Donne. Anche se non mi dispiacerebbe presentarla a mia sorella e alle sue amiche. Meno concorrenza da parte di Max.

Lei si volta a guardarmi con le sopracciglia aggrottate, come se fossi un rompicapo che deve risolvere. «Io non bevo.»

«Ti ho visto al bar con la birra.»

Le sue guance rosa diventano rosso brillante mentre borbotta qualcosa di inintelligibile.

Abbasso la testa per guardarla direttamente negli occhi. «Almeno posso avere il tuo numero?»

Lei stringe le dolci labbra a forma di cuore. I suoi lineamenti delicati mi fanno venire voglia di prendere quel volto tra le mani e tempestarlo di baci. Baci lenti, per assaporarla tutta. Non sono mai stato così vicino a lei prima di sabato scorso quando mi aveva informato che avevo dato un nome ridicolo, Huckleberry, al mio cane. Mi sento stregato. Io non do mai la caccia a una donna, eppure eccomi qui.

«Perché?» mi chiede Sloane, spalancando gli occhi.

*Perché voglio il suo numero?* Mi tremano le labbra. «Così possiamo passare del tempo insieme.»

Lei abbassa la testa. «Smettila di prendermi in giro.»

«Non ti sto prendendo in giro.»

Sloane mi dà un'occhiata diffidente, con un accenno di vulnerabilità negli occhi che mi fa desiderare di tirarla vicina e proteggerla dal mondo. Non mi importa nemmeno che indossi una tuta perché mi fa venire voglia di togliergliela e vedere tutta quella pelle morbida. Ho potuto dare un'occhiata al suo corpicino sabato sera, nella camicia aderente a maniche lunghe e i leggings neri.

Non so come convincerla della mia sincerità. La conosco appena eppure ho questa sensazione viscerale che mi dice che *devo* conoscerla. Che potrebbe essere il mio destino. È folle, vero? Solo perché i suoi occhi mi danno una scossa ogni volta che li guardo. Perché non riesco ad andarmene?

Sloane fa un passo indietro.

«I tuoi occhi sono stupendi» dico senza pensare.

I suoi occhi lampeggiano.

*Scossa.* Il mio cuore batte più forte.

«Belle bugie» dice categoricamente.

«E ti trovo interessante.»

Spalanca gli occhi. «Perché?»

«Conosci le auto più di me. Io so solo guidarne una e riempire il serbatoio.»

Lei alza una mano, con un'espressione cupa. «Smettila. Il tuo fascino non funziona con me. Non sono il tuo solito tipo di donna. Non cadrò ai tuoi piedi.»

Provo il primo accenno di disperazione. Ho trovato la donna del mio destino e lei non vuole avere niente a che fare con me. Oh, fato crudele. Sono veramente folle, sto diventando poetico per via di una scossa. La colpa è della leggenda di famiglia, secondo la quale papà aveva provato una scossa quando aveva incontrato la mamma. Ho sempre pensato che stesse esagerando. Diceva che significava che la mamma era quella giusta ed era il motivo per cui le aveva chiesto di sposarlo al primo appuntamento. Non può essere vero, no? Devo passare del tempo con Sloane per saperlo di sicuro.

«Non mi aspetto che tu cada ai miei piedi» dico con tutta l'umiltà che riesco a mettere nelle parole, anche se la maggior parte delle donne lo fa. Non ho mai dovuto lavorare così tanto per avere una donna.

Lei apre la bocca, sorpresa. «Oh.»

Non resisto. Allungo la mano e strofino con il pollice lo

sbaffo di grasso sulla sua guancia. La sua pelle è morbida esattamente come appare.

«Avevi uno sbaffo di grasso» mormoro.

Sloane si porta una mano alla guancia, fissandomi stupita, in silenzio. Sul suo volto si vede la confusione, lo sbalordimento e qualcosa che spero sia interesse.

Eh già, sono veramente andato.

«Un drink» dico.

Lei annuisce.

Sento qualcuno che mi fissa e mi volto, beccando Max. Sloane ha bisogno di amiche, da subito.

Torno a rivolgermi a lei. «Verrò a prenderti giovedì alle sette.» Andrà bene la Serata delle Donne. La presenterò a Sydney e alle sue amiche, offrirò un drink a Sloane e poi la porterò a un tavolo appartato per la cena, solo noi due.

«Ci incontreremo là» mi dice.

È cauta. Va bene. Non mi conosce così bene. Le passo il mio telefono. «Inserisci il tuo numero.»

Lei lo fa, con le dita che picchiettano veloci sul telefono. Me lo restituisce senza guardarmi negli occhi.

«Ci vediamo giovedì.» Mi volto ed esco. So quando fare un'uscita.

A metà strada verso la mia auto, qualcosa mi fa voltare. Sloane ha appoggiato le mani sul bancone, ha la testa china e sta respirando profondamente con gli occhi chiusi.

Eccellente. È quello l'effetto che ottengo di solito dalle donne. Sono lieto di non essere solo io, anche se a lei ci è voluto più di quanto mi aspettassi per arrivare al mio livello.

Max va da lei e le dà una tirata alla coda di cavallo. «La Serata delle Donne mi sembra interessante. Magari verrò con te.»

Lei si riprende, raddrizzandosi, con gli occhi che si illuminano. «Verresti?»

Torno in fretta alla mia auto. Max è un problema.

## 3

*Sloane*

«Nessuna sorpresa» dico a Max, sentendomi stranamente delusa. Alzo il telefono per mostrargli il messaggio di Caleb. Abbiamo appena chiuso l'officina. Stasera doveva essere quella in cui avrei incontrato Caleb per un drink. Ho avuto le farfalle nello stomaco per tutta la giornata. Sapere che Max sarebbe stato con me, come sostegno morale, non riusciva a tranquillizzarmi. Desideravo troppo Caleb e allo stesso tempo non mi sentivo alla sua altezza. Avevo perfino pensato di mandargli un messaggio per annullare l'appuntamento, ma non volevo essere una codarda. E adesso questo.

Max legge il messaggio. «Sembra che sia un pezzo grosso.»

Guardo di nuovo il messaggio cercando di formulare una risposta perfettamente casuale. Caleb ha annullato l'appuntamento per un servizio dell'ultimo minuto a Los Angeles. Ha detto che si trattava della sua prima campagna per una grande marca, ma che non poteva ancora dirmi quale. Sta facendo le valigie per andare all'aeroporto. *Sapevo* che avrebbe annullato. Lo avevo sospettato quando aveva annullato l'appuntamento per controllare l'auto poco prima di quando si sarebbe dovuto presentare. Il mio stomaco sembra pieno di piombo. Perché mi sento così male? Quasi mi aspettavo già che non funzionasse.

Mi dirigo verso la mia auto, in fondo al lotto, e il mio telefono suona per un altro messaggio. Mi fermo a leggerlo e resto a bocca aperta.

Caleb: *Ho appena avuto un'idea. Vieni con me. Il servizio fotografico è venerdì e non ho il volo di ritorno fino a domenica. La soleggiata Los Angeles, una pausa dal freddo. Penserò io al tuo biglietto.*

Il mio polso accelera. *Ridicolo.* Non posso credere che l'abbia detto. Da un drink a un fine settimana insieme? Soffia un vento gelido e mi affretto verso l'auto. Los Angeles, il caldo, sembrano così allettanti.

«Siamo ancora d'accordo per il drink?» mi chiede Max, guardandomi da sopra il cassone del suo pick-up della Bellamy Landscapes. «Non sono mai stato alla Serata delle Donne. Speravo che mi facessi da spalla.»

«Certo» rispondo distratta, aprendo la portiera della mia auto. Salgo, chiudo la portiera e rispondo a Caleb.

Io: *Ci conosciamo appena e vuoi che passi il fine settimana con te?*

Caleb: *Ho solo pensato che sarebbe stato piacevole. Chiederò una stanza con due letti. Non voglio farti pressioni.*

Fisso il mio telefono. È troppo strano.

Io: *Non credo.*

Caleb: *Okay. Mi metterò in contatto con te quando torno, per parlare di quel drink.*

Giusto. Sono sicura che dopo il soggiorno a Los Angeles, a spassarsela con belle modelle, si sarà dimenticato di me. Metto in moto e mi dirigo verso casa. Papà è uscito per una commissione, quindi avrò la casa tutta per me per prepararmi per la Serata delle Donne. Non mi va molto l'idea di fare da spalla a Max, probabilmente mi scaricherà appena avrà incontrato una bella donna, ma almeno i drink sono a metà prezzo.

Una volta a casa faccio la doccia e indosso una camicia di cotone color lavanda con i leggings neri e le sneakers, lasciando sciolti i capelli. Tutta l'ansia per questa serata è sparita. Non devo tentare di truccarmi, cosa che non so fare (era la mamma che lo faceva) e posso restare a mio agio con i soliti vestiti. Nelle rare occasioni in cui devo fare bella figura ho un abbigliamento semplice che cambia a seconda della stagione: gonna nera diritta con una camicetta avorio o un maglione avorio. Avevo intenzione di indossare il maglione questa sera, visto che fa freddo. Il pensiero va alla soleggiata Los Angeles, e immagino di indossare una camicetta leggera e una gonna in qualche posto elegante per la cena con Caleb.

Scuoto la testa a quelle sciocche fantasie e prendo la borsettina. Così va meglio. Comunque non avevo voglia di depilarmi le gambe.

Entro all'Horseman Inn e vado al bar nella sala posteriore. È rumorosa e si sentono risate di donne. Non ci sono mai stata il giovedì sera. Non sapevo nemmeno che avessero una Serata delle Donne con i drink a metà prezzo. Spero che non sia una scena da rimorchio. Voglio solo bere qualcosa, passare un po' di tempo con Max e poi andare a casa.

Mi fermo di colpo. Il bar è pieno di donne, ci sono solo alcuni uomini in fondo al bancone che stanno guardando la partita in TV e ogni tanto danno un'occhiata alle donne. Merda. Max non è ancora arrivato. C'è solo uno sgabello libero ed è vicino a quegli uomini. Immagino che potrei occuparlo io e Max potrebbe restare in piedi accanto a me.

Una risata acuta mi fa alzare le spalle fino alle orecchie. Ho passato la maggior parte delle superiori a ignorare i sussurri e le risatine acute alle mie spalle. Diciamo solo che ho passato una fase dark, in cui mi vestivo solo di nero, tentando di passare inosservata. Aveva funzionato come se stessi indossando un costume da vespa, facendomi risaltare mentre tutto quello che volevo era sparire. Non vedevo l'ora di diplomarmi e andare alla grande università statale, dove era facile perdersi nella folla.

«Sloane!» dice una voce calorosa, sorprendendomi.

Vedo una sorridente Jenna Larsen. È una bionda alta e snella, paradossalmente la proprietaria di Summerdale Sweets, la pasticceria locale. Dovrebbe essere tutta tonda con tutti quei buoni dolci, invece... Ho riparato la sua Honda Accord dopo un tamponamento ed è stata veramente contenta del risultato.

«Salve, Jenna. Come va la Honda?» Quasi faccio una smorfia, perché sembra che stia cercando lavoro per l'officina. La sua auto va benissimo. Ho solo sistemato il paraurti.

«La mia auto va benissimo.» Mi fa segno di avvicinarmi. «Unisciti a noi. Non ti ho mai visto alla Serata delle Donne prima d'ora.»

È seduta con un gruppo di donne non lontana dagli uomini in fondo al bar. Le donne mi sorridono tutte. Riconosco Sydney Robinson, con i suoi lunghi capelli color Tiziano. È la sorella maggiore di Caleb e la proprietaria di questo posto. Accanto a lei c'è Audrey Fox, una bruna piccolina e la nostra bibliotecaria locale. C'è anche una donna con i capelli castani lunghi fino alla spalla, grandi occhi marroni e una bocca rosa da bambola. Non la conosco.

Mi avvicino a Jenna, incerta se rinunciare all'unico sgabello che avevo intenzione di occupare mentre aspettavo Max. È dall'altra parte del gruppo delle sue amiche. «Dovrei incontrare qualcuno.»

«Beh, vieni da noi e quando arriverà l'inviterai a restare con noi» dice Jenna. «Vuoi un margarita? Ne abbiamo una caraffa.» Si rivolge alle sue amiche. «Sloane è un meccanico esperto. Dovreste vedere la magia che ha fatto rimettendo a nuovo la mia auto e la preziosa Mustang di Eli.»

«È stata completamente colpa tua» dice Audrey. «Hai sbattuto contro la sua nuovissima Mustang solo per poter stare con lui.»

«Bugia!» dichiara Jenna, con gli occhi che brillano divertiti.

Sorrido. Immagino che abbia funzionato, visto che ora sono fidanzati.

«Eli avrebbe pianto se non fosse stata una cosa così poco virile» aggiunge Sydney.

Mi sembra di essere un'intrusa in un gruppo ben affiatato, ma mi avvicino comunque a Jenna. Mando un veloce messaggio a Max per fargli sapere che sono con Jenna, in modo che possa trovarmi. Potrebbe non vedermi, accanto a Jenna, così alta.

Jenna si alza e mi offre il suo sgabello.

«No, va bene, non voglio rubarti lo sgabello.»

«Prendilo, ragazza. Sei tu la rockstar qui. La mia auto sembra nuova.»

Prendo il suo posto con le sue amiche. Non appartengo a questo gruppo. «Facevo solo il mio lavoro.»

Lei mi dà una spinta nemmeno tanto gentile, quindi obbedisco e mi siedo. Poi chiede alle due donne più anziane dall'altra mia parte se non possono spostare un pochino i loro sgabelli. Lo fanno e Jenna si mette in piedi accanto a me.

«Margarita?» offre Audrey.

«Certo, grazie.»

Audrey fa un segno alla barista, Betsy, che mi dà subito un bicchiere. Audrey versa una grossa quantità di margarita. Sto per bere un sorso quando mi accorgo che Audrey ha alzato il bicchiere verso il mio per un brindisi.

«Oh, scusa.» La imito. Sydney, Jenna e la bruna che non conosco alzano i loro bicchieri.

La bruna mi rivolge un sorriso accattivante. «Sono Kayla. Lieta di conoscerti. Sono fidanzata con il fratello di Sydney, Adam.»

Conosco Adam per averlo visto in città. È un falegname. «Congratulazioni. Adam fa dei lavori eccezionali.»

Lei sorride felice. «Grazie, è un vero maestro.»

«Basta parlare del tuo incantevole fidanzato» dice Sydney, sbuffando e poi sorridendo. «Sloane, benvenuta al Club del Vino del giovedì. Facciamo sempre un brindisi quando riceviamo il nostro drink e, dato che tu hai appena ricevuto il tuo, salute!» Allunga il braccio oltre Audrey e fa tintinnare il suo bicchiere contro il mio e poi con quello delle sue amiche. Lo facciamo tutte a turno. Ci vuole un po' per passarle tutte e per tutto il tempo io penso: *perché stiamo bevendo un margarita a un Club del Vino?*

Finalmente i brindisi finiscono e bevo un sorso del mio drink.

Audrey si china verso di me. «Doveva essere il Club del Libro del giovedì, ma nessuna leggeva mai il libro e tutte bevevano vino, quindi Sydney ha cambiato il nome.»

«Ah. Perché stiamo bevendo margarita invece del vino?» chiedo.

«L'ha chiesto Jenna perché si è appena fidanzata, le sembrava più festoso.»

Jenna mi mette la mano di fronte al viso, agitando le dita per mostrarmi l'anello con il diamante scintillante.

«Congratulazioni» dico. «Quindi due di voi sono fidanzate con i Robinson.»

«Già» dice Jenna. «Audrey è ancora single.»

Audrey annuisce. «Sto aspettando quello giusto.»

«Aspetterai per sempre. Quell'unico giusto non esiste» dice Sydney.

«Dovresti provare di nuovo con eLoveMatch» dice Kayla.

Audrey sospira e si rivolge a me. «Hai mai provato con gli appuntamenti online?»

Mi siedo più diritta, sorpresa che l'abbia chiesto a me. Stavo ascoltando, un po' alla periferia del gruppo femminile, come al solito. «Io? No.»

«Sei single?» mi chiede Kayla.

«Sì» rispondo.

Audrey gesticola in aria. «Beh, è un mondo difficile quello degli appuntamenti online. La gente abbellisce le fotografie e mente nei profili. È una brutta sorpresa dopo l'altra.»

«Lo immagino» dico.

Lei mi offre il pugno da battere. «Solidarietà, sorella.»

Le batto il pugno, ancora un po' sorpresa per essere stata inclusa.

«Ooh» dice Kayla. «Col suo lavoro, Sloane deve conoscere un sacco di uomini single, con tutti quelli che frequentano l'officina per le loro auto. C'è qualcuno che potresti presentare ad Audrey? Sta cercando un uomo che legga.»

«È uno dei requisiti nel mio elenco» aggiunge Audrey. «Vorrei anche che avesse delle buone maniere.»

«Un elenco perfettamente ragionevole» le assicura Kayla.

La guardo incuriosita. «Non sarebbe più facile incontrare un uomo che legga in biblioteca invece del garage di mio padre? Non saprei che cosa dirti delle maniere di un uomo che è venuto a lasciare la sua auto.»

Audrey ingurgita il resto del suo margarita e si asciuga la bocca con il dorso della mano. «Si potrebbe pensare che la biblioteca sia piena di uomini single che leggono, vero? Ha senso, ma no! Nemmeno uno. A meno che ti piacciano gli uomini oltre i *settanta*. Beh, allora ce ne sono tre.» Alza tre dita. «Ooh, che scelta!»

«Uh...» Sorseggio il mio margarita, senza sapere che cosa dire.

«Aud, stai alzando un po' troppo la voce e parlando male degli uomini» dice Jenna da sopra la mia spalla. «Credo che tu abbia raggiunto il tuo limite di margarita.»

«È solo il secondo!» protesta Audrey.

Jenna le stringe la spalla. «E sei un metro e cinquanta, quarantacinque chili bagnata. Non li reggi.»

«Anch'io sono un metro e cinquanta» dico ad Audrey. «Anche se riesco a reggere fino a tre birre.» È quello che bevo normalmente.

Audrey ridacchia. «Certo, diciamo che è quello il mio peso.» Poi mi sussurra all'orecchio: «Non vedo quel peso sulla bilancia da quando avevo tredici anni».

«Wow, mi sento improvvisamente così alta» dice Kayla. «Sono ben cinque centimetri più alta di voi due.»

«Sei una vera pertica» dice Jenna.

Scoppio a ridere. Non so perché. Forse perché Kayla non sembra assolutamente una pertica. Ha un corpo compatto ma formoso e le guance rotonde.

«Sembra che qualcuno si stia divertendo» dice Max dietro di me, dandomi una tirata di capelli.

Mi volto sorridendo. «Ehi, mi hai trovato. Guardati, tutto ben vestito e hai anche accorciato la barba. Sembri quasi un essere civile.» Invece della sua solita t-shirt e jeans, ha indossato una camicia azzurra e jeans scuri senza buchi. Ha anche le scarpe di pelle invece delle sneakers. Dev'essere il suo abbigliamento da rimorchio. Non sono mai con lui in queste occasioni. È il momento in cui mi ricordo la mia parte: devo fargli da spalla.

«Credo che tu conosca già tutte, ma nel caso: Jenna, Audrey, Kayla e Sydney.»

Max le indica una dopo l'altra: «Jenna, Audrey, Sydney, manca Harper». Si volta verso di me: «Erano a scuola con me». Rivolge a Kayla un sorriso ammaliante. «Tu devi essere la nuova Harper.»

Kayla alza una spalla. «Io sono solo io. Harper è a un altro livello, una superstar.» Adesso Harper è un'attrice famosa.

«Potresti brillare anche tu» dice Max, con un accenno di flirt nella voce.

Audrey ruota sul suo sgabello. «Risparmiatelo, Max. Kayla è fidanzata.»

Kayla alza la mano, mostrando il suo anello, ma Max ha occhi solo per Audrey. Diventa serio e la sua voce assume un tono dolce che non gli ho mai sentito prima. «Come va, Aud?»

«Bene» dice Audrey, altera. «E tu?»

«Bene» risponde Max.

«Lei è single» aggiunge Kayla.

Audrey le rivolge un'occhiata omicida.

Mi sembra di capire che Max e Audrey abbiano avuto una storia. Non lo sapevo. Max e io non eravamo amici quando eravamo adolescenti. Più che altro lo ammiravo da lontano quando lavorava in officina. Abbiamo cominciato a passare un po' di tempo insieme durante le vacanze quando frequentavo il college.

Kayla scuote la testa. «Non importa. Lei sta cercando quello giusto e immagino che non sia tu? Senza offesa.»

«Posso sedermi qui?» mi chiede Max, indicando il mio posto accanto ad Audrey.

«Certo.»

Audrey mi afferra il braccio, tenendomi ferma. «Resta. Max, dovresti sapere che il mio orologio biologico sta ticchettando. Cerco un marito e dei figli, preferibilmente in quell'ordine, appena possibile.»

Max si irrigidisce di colpo ed è strano, di solito è un tipo molto rilassato. «Accidenti, sai come spaventare a morte un uomo.»

«Grazie. È così che separo quelli giusti da quelli completamente sbagliati.»

«Quindi io sono uno di quelli sbagliati? Ho fatto la cosa giusta e lo sai. Pensavi che volessi...»

«Vattene e basta!» esclama Audrey, con le guance rosse di rabbia.

Spalanco gli occhi e poi resto a bocca aperta quando si avvicina un tipo grande e grosso con un'espressione omicida sul volto. Ha i capelli lunghetti e si muove come un giaguaro. «C'è qualche problema?» ringhia.

«Drew» dice Audrey con la voce sospirosa. «No, va tutto bene. Non preoccuparti.»

Oh, merda. All'inizio non l'avevo riconosciuto. È il fratello maggiore di Caleb, Drew. Una volta aveva i capelli a spazzola e le guance ben rasate. Ora ha i capelli lunghetti e un velo di barba. Ex ranger dell'esercito, attuale proprietario della Robinson Martial Arts Academy. Non un uomo con cui scherzare. Do un'occhiata spaventata a Max, che però conosce già il livello di pericolo.

Alza le mani. «Stavamo solo parlando, amico. Solo due chiacchiere.»

«Ti ha chiesto di andartene» dice Drew a denti stretti.

Max fa un passo indietro. «Nessun problema. Vieni Sloane.»

È sbagliato che desideri restare con queste donne? Non ho mai avuto una conversazione simile. Ma ricordo che Max è venuto per offrirmi il suo sostegno, sapendo che mi innervosiva incontrare Caleb per un drink, e quando aveva annullato avevo accettato di fargli da spalla. Una spalla non scaricherebbe il suo migliore amico.

«Arrivederci, ragazze, grazie per il drink» dico, mettendo qualche banconota sul bancone.

Jenna mi afferra il braccio. «Aspetta, dammi il tuo numero. Ci serve altra gente per il Festival d'Inverno. Riunioni mercoledì sera. Sei libera?»

«Vuoi me?» chiedo stupita.

«Certamente. Tutte loro stanno già facendo la loro parte. Lasciati convincere, dai!»

«Una di noi, una di noi» cantilena Kayla.

«Okay, okay» dico ridendo. Le do il mio numero e saluto tutte.

Raggiungo Max, che sta aspettando a breve distanza. «Che cosa c'è tra te e Audrey?»

«Storia antica» dice lui, camminando davanti a me verso la sala da pranzo anteriore.

Corro per raggiungerlo. Le sue gambe sono molto più lunghe delle mie. Dà una spinta alla porta e io lo seguo. L'ha spinta talmente forte che riusciamo a uscire entrambi prima che si richiuda.

«Non ne hai mai parlato» gli dico una volta usciti.

Lui si passa una mano sulla faccia. «Siamo usciti insieme l'ultimo anno e poi ci siamo lasciati. Adesso lo sai.» Sembra turbato, anche se sono passati più di dieci anni.

«Scusa. È la prima volta che parli con lei?»

«Più di un semplice saluto, sì.» Volta la testa e guarda l'Horseman Inn. «Va tutto bene, come ho detto, è storia vecchia.» Torna a guardare me. «Vuoi venire da me e giocare a Blazer?» È il nostro videogioco di corse preferito.

«Certo. Pensi di tornare là nella Serata delle Donne? C'erano altre donne single.»

Max fa una smorfia. «Neanche se mi paghi.»

Vado nel panico per un momento pensando che, se Caleb mi chiederà di nuovo di andare a prendere un drink durante la Serata delle Donne, Max non ci sarà per sostenermi, poi mi

rendo conto che non è il caso che mi preoccupi. Caleb probabilmente in questo momento starà flirtando con la hostess e
bevendo champagne in prima classe. Una volta atterrato in
California sarà circondato da belle modelle per tutto il fine
settimana. È quello il suo mondo e io non ne faccio parte.

Salgo in auto e prendo il telefono dalla borsa. Non ho mai
risposto a Caleb, riguardo a un altro appuntamento. Mi
sembra quasi di doverlo ringraziare per aver menzionato la
Serata delle Donne perché mi è piaciuta. Oh, c'è un altro
messaggio da lui.

Caleb: *Mi dispiace per stasera. Non vedevo l'ora di uscire con
te. Di solito non viaggio tanto. La maggior parte dei miei ingaggi è a
New York.*

Mi porto la mano sul cuore che ha cominciato a battere
forte. Sembra così sincero.

*Ho veramente intenzione di farlo?* Lui fa parte di un mondo
che mi ha respinta, con risultati traumatici.

Stringo forte gli occhi, riflettendo. Non è colpa di Caleb se
ho questo bagaglio emotivo. È solo un drink. Non devo far
parte del mondo della moda e della pubblicità. Sarò qui al
sicuro a Summerdale dove mi sento a mio agio. Okay, va
bene. Adesso devo trovare una risposta civettuola e perfetta.

Max suona il clacson prima di uscire dal parcheggio. Io
getto il telefono in borsa. Meglio che non tenti di flirtare. Il
risultato sarebbe ridicolo e non è possibile cancellare un
messaggio.

# 4

*Caleb*

Ho mandato alcuni messaggi a Sloane durante il fine settimana, mettendola al corrente del mio lavoro e i posti che ho
visitato. Mi sono divertito lavorando con la gente della Cali
Pop, una grossa catena di negozi di abbigliamento. Sloane ha
risposto con messaggi di una sola parola: *Bene. Bello. Okay.*
Ora sono tornato a casa a Summerdale e non so quale sarà la
mia prossima mossa con lei. È il suo modo di mandare
messaggi oppure non è interessata a vederci? Non ha mai
accettato che fissassimo un nuovo appuntamento per bere
qualcosa. Adesso è lunedì. Non ho voglia di farmi vivo di
nuovo nel garage, con suo padre e Max come testimoni.

'Fanculo. La chiamerò e basta. Risponde la segreteria.
Cerco il numero del garage e tento lì.

«Murray» risponde una voce burbera, probabilmente suo
padre. La voce di Max è più piacevole, come se tentasse
sempre di flirtare.

«Pronto, il signor Murray?»

«Sì.»

«Sono Caleb Robinson. C'è Sloane, per favore?»

Sento che appoggia il telefono. «Sloane, telefono per te!»

Qualche momento dopo Sloane prende la cornetta. «Pronto?»

«Ciao, sono Caleb.»

«Oh, ciao.»

Sembra un po' sorpresa che abbia chiamato. Pensava che l'avessi scaricata e non mi sarei più fatto sentire? «Sto chiamando per fissare il nuovo appuntamento per quel drink. Vuoi tentare questo giovedì? Posso presentarti a Sydney e alle sue amiche e magari potreste intendervi.» Sloane è più giovane di loro, quindi immagino che non le conosca bene.»

Silenzio.

«O potremmo andare a cena» dico, sentendomi un po' disperato. «Che ne dici domani all'Horseman Inn? Hanno un nuovo chef ed è cibo sano, dal campo alla tavola, se è quello che ti piace. Io faccio molta attenzione alla nutrizione, alla ginnastica e a uno stile di vita sano, tutta quella roba.» Chiudo gli occhi. *Chiudi il becco.* Sto blaterando perché, per la prima volta da molto tempo, non so a che punto sono con una donna.

«Okay.»

«Okay?» ripeto a voce un po' troppo alta. «Okay, perfetto.»

«Un drink sarebbe meglio.»

«Oh.» Non vuole impegnarsi a passare troppo tempo con me, preferisce che resti informale. Solo perché ho sentito una scossa quando i suoi occhi colore dell'ambra hanno incontrato i miei non significa che lei provi la stessa cosa. «Certo, un drink. Va bene.»

«Ci vedremo là domani. Aspetta.» Sento il telefono che sbatte sul bancone.

Aspetto diversi minuti. Devo averla interrotta nel mezzo di una riparazione cruciale. Finalmente torna. «Che ne dici delle sette?»

«Va bene. Scusami per averti interrotto. Sono sicuro che tu sia veramente presa.»

«In effetti ero in pausa.»

«Ah.» E perché ho dovuto aspettare così tanto perché mi dicesse l'ora? Oh no, non ha intenzione di portarsi dietro Max, vero? Avrebbe dovuto raggiungerci giovedì scorso. Non posso chiederglielo perché sembrerebbe che sia geloso di lui, ed è vero. Sono sicuro che lui stia solo prendendo tempo prima di fare la sua mossa con Sloane. Dovrò riuscire a conquistarla prima che possa farlo lui. «Okay, ci vediamo lì, allora. Non vedo l'ora.»

«Mmm, ok, ciao.»

Riattacco, con le sopracciglia aggrottate, riflettendo. Non è la prima volta che desidero che papà ci sia ancora per potergli parlare. È morto due anni fa per un cancro, scoperto quando era oramai troppo tardi. Un grand'uomo che considero il mio eroe. Aveva preso in mano la situazione alla morte della mamma, quando avevo otto anni. Un giorno spero di essere proprio come lui, con una mia famiglia. *Whoa.* È la prima volta che prendo in considerazione di avere una famiglia, che significa matrimonio. Ci dev'essere qualcosa nell'acqua da queste parti. I miei fratelli maggiori, Adam ed Eli, sono entrambi fidanzati. Mia sorella Sydney è felicemente sposata. Solo io, il più giovane, e Drew, il più vecchio, stiamo ancora vivendo una vita da scapoli.

Oh, diavolo, chi sto prendendo in giro? Sono felice per i miei fratelli ma in fondo so che non sono loro che mi hanno spinto a pensare al matrimonio. È stata la scossa quando ho visto Sloane. *Papà, hai visto che cosa mi hai messo in testa con le tue storie sdolcinate sulla mamma?*

Respiro forte, con lo stomaco annodato per l'ansia. Mi chiedo che cosa penserebbe Sloane del fatto di accasarsi.

~

### Sloane

«Dove state andando voi due questa sera?» chiede papà in tono gioviale, guardando me e Max. Abbiamo appena finito di lavorare e stiamo uscendo insieme perché voglio assicurarmi che Max sia in orario al bar questa sera.

«Arrivo tra un secondo» dico a papà, voltando la testa.

Papà mi fa un cenno mentre va verso il suo piccolo ufficio a sinistra dell'ingresso dell'officina.

Io continuo a camminare con Max verso il parcheggio. Spiegherò tutto a mio padre tra un minuto. Non voglio che si faccia l'idea sbagliata su me e Max. Potrebbe creare imbarazzo al lavoro. Papà non è un tipo molto discreto.

«Continuo a non capire perché hai bisogno di me» dice Max a bassa voce.

«Ti stava bene venire con me alla Serata delle Donne.»

«Sì, e questa non è la Serata delle Donne. E se Caleb volesse provarci con te? Nessun uomo gradirebbe un terzo incomodo.»

«Impossibile» farfuglio, scioccata che l'abbia detto. «Saremo in un posto pubblico al bar. È okay che ci sia anche tu. Max, l'hai promesso.» Ho bisogno di un'opinione obiettiva su Caleb. È sinceramente interessato a me? Non posso fare a meno di pensare che mi stia cercando solo perché non gli sono immediatamente caduta in grembo, come la maggior parte delle donne. Agli uomini piacciono le sfide.

«Bene» dice Max scuotendo la testa e va verso il suo fuoristrada.

Vado da mio padre. È seduto sulla sedia girevole imbottita, dietro a una vecchia e malandata scrivania di metallo. Ha gli occhiali e il laptop aperto davanti a sé, il che mi fa pensare che resti in ufficio fino a tardi per sbrigare la contabilità.

Occupo la sedia nera di plastica davanti a lui. «Papà, potrei farlo io per te. Posso preparare un foglio di calcolo dove registrare automaticamente le fatture, che produrrà i totali con facilità.»

Lui abbassa gli occhiali e mi guarda. «E poi, quando te ne andrai, io resterò incastrato con un foglio di calcolo pieno di formule che per me non hanno senso. No, grazie.»

Stringo le labbra, con il senso di colpa che mi pesa sulle

spalle. Sono a casa da sei mesi oramai. Ha bevuto la scusa che i distretti scolastici non hanno ancora cominciato ad assumere per il prossimo anno. Cominciare un altro lavoro da insegnante vicino a casa sarebbe la mossa più facile, ma non è quello che voglio.

«Papà, mi piacerebbe veramente restare qui e aiutarti. Quando arriverà la primavera, perderai Max. Io posso aiutarti e sostituirlo.» Max lavora qui part-time, stagionalmente, quando il lavoro di giardinaggio rallenta.

«Non ti sei laureata con lode per lavorare qui.» Si china in avanti e si picchietta la fronte. «Hai un cervello. Usalo.»

«Ce l'hai anche tu.» So che ho preso da lui. Pensiamo allo stesso modo. Risolviamo entrambi i problemi in modo analitico.

Papà appoggia gli occhiali sulla scrivania e chiude il laptop. «E io non ho avuto la possibilità di frequentare il college. Tuo nonno è morto all'improvviso per un infarto quando avevo diciassette anni. Ho dovuto subentrare, altrimenti i miei fratelli minori non avrebbero avuto da mangiare. Voglio qualcosa di meglio per te, ecco tutto.» Papà aveva dovuto lasciare la scuola quando era alle superiori e più tardi si era diplomato privatamente.

Abbiamo già avuto questa conversazione in passato, girando intorno agli stessi motivi per cui vuole una vita diversa per me.

Mi chino in avanti. «Ma tu non avevi avuto scelta. Questa è la vita che scelgo, se me lo permetterai.»

«Niente da fare, Sloane. Fine della discussione.»

Sbuffo e mi appoggio allo schienale. Non so come fargli capire che questa è la scelta giusta per me. Non sto buttando via la mia educazione. Sono grata di averla avuta e so che posso sempre tornare all'insegnamento, se dovrò farlo, ma voglio una vita diversa per me. Immagino che potrei trovare un lavoro da meccanico in un'altra officina, ma l'idea non mi attrae. Mi piace vivere a Summerdale e adoro lavorare con mio padre. È veramente il migliore dei meccanici.

Poi lui si illumina. «Che cosa sta succedendo tra te e Max? Vi ho visto che stavate parlando animatamente. Ti ha finalmente chiesto di uscire?»

Mi metto seduta diritta, con le guance in fiamme. «*Pa-a-a-pà*, è ridicolo. Siamo amici.»

Lui mi rivolge un'occhiata complice. «Ricordo che lo seguivi come un cucciolo quando eri più giovane.» Picchietta le dita sulla scrivania.

«Smettila. Andiamo solo a bere qualcosa stasera. È una cosa di gruppo.»

«Che gruppo?»

«Solo gente del posto che conosce Max. Niente di che.» Non voglio parlare di Caleb nel caso finisca in niente. Inoltre, il fatto che faccia parte del mondo della moda e della pubblicità per me è un campanello d'allarme.

Lui mi guarda scettico. «Okay, divertiti. Per la cronaca, penso che Max sia una brava persona.»

Mi alzo in piedi. «Ovvio. Non sarei amica di uno stronzo. Ci vediamo domani.»

Vado verso la mia auto, la brezza fresca è piacevole sulla mia faccia che scotta. Max non pensa a me in quel modo. È stato difficile convincerlo ad accompagnarmi stasera. Ho dovuto promettergli che pagherò io le birre la prossima volta che usciremo.

Due ore dopo, sono al bar ad aspettare due uomini. Beh, non è per niente imbarazzante. Ho fatto un tentativo di sembrare carina, spazzolando i capelli e mettendo il mascara e il lucidalabbra rosa. È più o meno fin dove arrivano le mie capacità in fatto di trucco. Indosso il mio maglione avorio con i jeans e ballerine nere. Non sono mai riuscita a imparare a camminare con i tacchi che mi aiuterebbero parecchio con la statura. Ah, beh. Barcollare avrebbe cancellato il vantaggio.

È martedì sera e l'Horseman Inn è piuttosto tranquillo. Ho visto Kayla cenare con il suo fidanzato, Adam, nella sala da pranzo anteriore. Mi ha salutata con calore. Al bar ci sono solo un paio di tizi sulla trentina che guardano la partita in TV. Devono essere nuovi in città. Si sono trasferite qua parecchie famiglie nuove da quando ho lasciato il college. La nostra scuola superiore è stata proclamata la migliore dello stato e Summerdale è diventata popolare per le giovani famiglie.

Mi asciugo sui jeans le mani sudate. Giuro che lo ucciderò, se Max non si farà vivo questa sera. Sa quant'è importante per me. Non voglio essere una babbea che ci casca per un tizio che so essere fuori dalla mia portata solo per una battuta. Probabilmente non sarei così cauta se Caleb non fosse un modello. Ha libera scelta tra le belle donne che lo circondano costantemente. Che cosa se ne farebbe di me?

«Posso portarti da bere?» chiede Betsy. È un'ottima barista, probabilmente è sui trenta e ha cominciato a lavorare qui qualche anno fa. È un mix insolito di punk, con i capelli rosa e i piercing e i suoi abiti retrò. Oggi indossa una camicia a righe azzurre e bianche e una gonnellina bianca ricamata con delle margherite. Mi chiedo se la gente non consideri anche lei un tipo stravagante. Forse dovremmo frequentarci. Non so come chiederglielo, quindi mi limito a sorridere.

«Aspetterò i miei amici prima di ordinare» dico. «Grazie.»

«Okay.» Il suo telefono suona e lei risponde. «Ehi, tesorino. Ho sentito che stai cercando un nuovo look. Sai che sono la tua ragazza per tutto ciò che riguarda la moda.» Scoppia a ridere. «Avrò ufficialmente la mia Laurea in Design e Discipline della Moda tra altri tre semestri. È importante, sai.»

Mi sposto per guardare l'entrata della stanza. Design e moda, l'opposto del riparare le auto. Non penso che avremmo qualcosa di cui parlare. Entra Max e salto giù dallo sgabello, andandogli incontro a metà strada.

Mi fermo davanti a lui. «Sei arrivato prima di lui. Sediamoci al bar e comportiamoci normalmente.»

Lui guarda il bar da sopra la mia testa. «Ci sono solo due persone. Sembrerà troppo ovvio.»

«Conosci quegli uomini?»

«Uno di loro è un mio cliente.»

«Quindi puoi sederti con loro, osservare Caleb con noncuranza e poi riferirmi che cosa ne pensi.»

Max mi appoggia una mano sulla testa. Lo fa sempre perché sono piccola. «Le cose che faccio per te.»

Sorrido. «Che cosa hai mai fatto per me? È la prima volta che ti chiedo un favore simile.»

«Non pensare che non mi sia accorto che tieni per te tutti i lavori di riparazione migliori e lasci a me i cambi di olio.»

Spingo via la sua mano dalla testa. «Non so di che cosa stai parlando.»

Andiamo al bar. Mi siedo e lui si attarda, restando in piedi accanto a me.

Mi dà un buffetto sul naso. «Poi, tutte le volte che facciamo i popcorn prendi quelli più burrosi dal fondo della ciotola prima che possa prenderne uno.»

«Faccio io i popcorn, quindi i migliori sono i miei. Però tengo la tua birra preferita nel mio frigorifero.»

Lui grugnisce e ordina una birra.

«Ehi, Sloane» dice Caleb, apparendo all'improvviso davanti a me.

*Merda! Max è con... Oh, non più.* Si è spostato verso il suo cliente e si stanno stringendo la mano.

«Ciao» dico, mettendomi i capelli dietro le orecchie. Non so mai che cosa fare con le mani quando c'è Caleb. Perché deve sempre sembrare come se fosse appena uscito da una rivista patinata? Indossa un piumino nero con jeans e stivali da trekking. Casual, ma è così magnetico che porta i vestiti a un nuovo livello. Non mi meraviglia che sia un modello.

I suoi occhi nocciola sono fissi nei miei. «Sono contento che abbia accettato di incontrarci di nuovo.»

«Certo, non è colpa tua se hai dovuto lavorare.»

*Guardatemi, che faccio l'indifferente. Quasi come se non avessi sudato come un cammello per l'ultimo quarto d'ora aspettando questo momento.*

Caleb si toglie la giacca, mostrando una maglia bianca che delinea i muscoli delle spalle e delle braccia. Ha un profumo fresco e pulito, come se avesse appena fatto una doccia. Io ho il polso che batte freneticamente. Sono conscia della sua presenza, di me, ho tutte le terminazioni nervose all'erta. Alza la testa, stringendo gli occhi. Mi volto per capire che cosa ha attirato la sua attenzione: Max. Penso per un attimo di mostrarmi sorpresa di vedere Max, ma sono una frana a fingere, quindi resto semplicemente lì, sperando che Caleb non sospetti il motivo della presenza di Max.

Caleb si rivolge a me: «Che cosa vuoi bere?».

Mi rilasso un po' perché non menziona Max. «La birra Twisted House alla spina è buona.»

Lui si siede sullo sgabello accanto al mio, voltato in parte verso di me. Fa segno a Betsy, che gli si avvicina sorridendo.

«Tu e Sloane, eh?» chiede.

«Vedremo» risponde lui con un sorriso accattivante. «È ancora presto. È il nostro primo appuntamento.»

«In bocca al lupo, bellissimo» dice lei spillando le birre.

Ovviamente non crede che abbia bisogno di fortuna.

Dopo aver ricevuto le nostre birre, Caleb si sposta mettendo i piedi sulla traversa in basso del mio sgabello, con una gamba tra le mie e l'altra all'esterno. Non mi tocca ma sembra che siamo aggrovigliati. Mi sento invadere dal calore. È intimo e snervante. Non c'è modo che riesca a fare una rapida uscita.

«Allora, com'è stato il servizio fotografico?» gli chiedo.

«Favoloso. Eravamo in quattro, due uomini e due donne. Abbiamo fatto un mucchio di fotografie sulla spiaggia e sul lungomare di Venice. Andavamo d'accordo e la fotografa era divertente. Ha reso tutto facile e rilassato.»

«Bello. Adesso mi puoi dire per che marca era?»

Lui si avvicina e parla con la voce profonda e carezzevole accanto al mio orecchio. «Giuri che non lo dirai ad anima viva?» Si tira indietro per guardarmi negli occhi, talmente vicino che riesco a malapena a respirare. C'è una scintilla divertita nei suoi occhi. «Lo giuri?»

«Sì.»

Caleb si china in avanti e mi sussurra all'orecchio: «Cali Pop».

«Wow, fantastico.»

Lui sorride. «Già. E ho appena scoperto che stanno

facendo una grossa campagna pubblicitaria sulla costa est. Il mio agente dice che sarò su uno di quegli schermi giganti in Times Square.» È un'area turistica a New York, piena di enormi schermi pubblicitari.

«La tua testa sarà enorme, come King Kong.»

Caleb scoppia a ridere. «Non sono mai stato paragonato a un gorilla gigante finora, ma sì, sarò più grande della realtà, questo è sicuro.»

«Non sono mai stata una fan di Times Square, ma mi è sempre piaciuto visitare la città. Ci sono andata molte volte quand'ero più piccola.» I miei ricordi più belli di mia madre sono i pranzi e lo shopping con lei in città. Papà aveva fatto in modo di portarmi lì regolarmente quando lei se n'era andata perché sapeva che mi mancava.

I suoi occhi nocciola scintillano. «Davvero? Dovremmo andarci. Che cosa ti piace di più?»

Agito vagamente una mano. «L'energia, il fatto che ci sia sempre qualcosa in ballo, la gente che corre qua e là. Guardare le vetrine. E il cibo. Adoro il cibo.»

«Sì. Ce n'è una tale varietà. Si può trovare di tutto, qualunque etnia, le fusioni di sapori.»

«Anche i posti più piccoli e nascosti possono essere buoni.»

Lui mi punta un dito addosso. «È deciso. Andremo in città insieme.»

Mi mordo il labbro. Sembra promettente. Sta già pensando al nostro prossimo appuntamento. Beve un sorso di birra e io faccio lo stesso.

«Allora, ti piace fare il modello?» gli chiedo. È una delle cose che mi fa diffidare di lui.

Caleb inclina la testa. «Sì, mi piace il punto in cui mi trovo adesso, ma non ho intenzione di andare avanti per sempre. Non ho mai programmi sicuri, gli introiti non sono costanti. Vedo un futuro con una vita più stabile e uno stipendio regolare.»

Sembra così maturo e, non so perché, è la cosa che mi eccita più di tutto. Ha venticinque anni, ma non è selvaggio e irrequieto. Ha la testa sulle spalle. «Che cosa vorresti fare dopo aver smesso di fare il modello?»

Sembra pensieroso. «Non lo so. Ho una Laurea in Scienze Motorie, ma non mi vedo come insegnante di ginnastica. Forse potrei diventare un personal trainer. Devo controllare che cosa ci vuole. Per ora seguo l'onda, specialmente visto che ho appena ottenuto la pubblicità di quella grande marca. Il mio agente dice che dopo le feste probabilmente riceverò un mucchio di offerte per grandi campagne pubblicitarie.»

Probabilmente non resterà da queste parti dopotutto. A quel pensiero che fa riflettere, mi concentro sul mio drink bevendo un sorso. «Bello. Sembra che la tua carriera stia veramente andando bene.»

«Sì, ma Summerdale è casa mia, alla fin fine.»

Mi appiccico un sorriso sul volto. «Certo.»

Caleb stringe gli occhi guardando un punto oltre la mia spalla. «C'è un motivo per cui Max sta guardando da questa parte?»

Alzo una spalla, obbligandomi a non guardare. «Sono sicura che sia per caso. Siamo nel suo campo visivo, ecco tutto.»

«Siete venuti qua insieme?»

«No, ti stavo aspettando e poi è entrato lui.» Arrossisco. È vero ma ho chiesto io a Max di venire. Afferro la mia birra e ne trangugio un lungo sorso. Poi cerco un tovagliolino. Il mio è bagnato per la condensa. Non lo trovo, quindi mi asciugo discretamente la bocca con le dita. Che immagine di femminilità! È il motivo per cui la maggior parte degli uomini vuole diventare mio amico, non il mio ragazzo. A meno che passiamo un mucchio di tempo insieme e io sia arrapata o roba simile. Sono disponibile, ma dopo non mi cercano ed è esattamente il motivo per cui Max è qui per dirmi che cosa pensa veramente su Caleb.

«Voi due uscivate insieme?» mi chiede Caleb.

Scoppio a ridere. «No.»

«Perché è così divertente?»

Mi calmo, continuando a sorridere. «Perché siamo solo amici.»

«Hai un sacco di amici maschi?»

«Sì, beh, non ora ma di solito sono amica con gli uomini. Non ho molto in comune con le donne.»

«Perché sei un meccanico?»

Sorseggio la birra; non ho molta voglia di condividere i miei problemi. «Non lo so, è sempre stato così.»

Lui mi studia per un momento e io cerco di non dimenarmi. «Probabilmente hai qualcosa in comune con Kayla. È la fidanzata di mio fratello Adam. È una biostatistica, quindi voi due potreste parlare di matematica.»

«Di solito non parlo di matematica, ma sì, immagino di sì. In effetti l'ho già conosciuta giovedì scorso alla Serata delle Donne. Dato che avevo in programma di venire qua per un drink con te, sono venuta lo stesso quando hai annullato. È molto amichevole.»

«Sì, davvero. Dovreste frequentarvi.»

Bevo ancora un sorso di birra. Kayla non mi ha chiesto di vederci e a me sembrerebbe strano chiederglielo io. Cioè, ci siamo viste una sola volta. Vedrò Jenna domani sera per la riunione del Festival d'Inverno, ma è solo perché ha bisogno di aiuto, non è niente di personale.

Caleb si china più vicino, con la voce sensuale: «Allora che cos'altro ti piace, oltre a trovare posti per mangiare in città?».

Sorrido, anche se il mio cuore sta battendo così forte che riesco a malapena a sentire. «Le auto.»

Caleb si tira indietro. «Io so veramente poco di auto, anche se sono piuttosto bravo nella guida virtuale. Adoro Blazer, sai il videogioco di auto?»

*Il mio videogioco preferito!*

Gli afferro impulsivamente il braccio e sento il muscolo duro del bicipite e il calore della pelle che penetra attraverso la maglia. Fisso la mia mano sul suo braccio, sapendo che dovrei lasciarlo andare ma incapace di muovermi. «Mi piace quel gioco» dico al suo bicipite.

«Bene.»

Tolgo la mano dal suo braccio, di colpo imbarazzata. «Dovremmo giocare, anche se dovrei avvertirti: probabilmente ti straccerei.» Gli do un'occhiata di sottecchi.

Lui inclina la testa.

Merda, sono sembrata un amico che lo sfida al gioco? Uffa, perché non sono capace di flirtare?

Rischio e do un'occhiata a Max, con una muta domanda negli occhi. *Sto perdendo il mio tempo qui?* Max alza di scatto il mento, invitandomi a tornare alla mia conversazione.

Torno a guardare Caleb. «Quindi immagino che tu sappia che cosa mi piace. A te che cosa piace?»

Lui sorride. «Tu.»

Resto a bocca aperta, col cervello che cerca freneticamente la risposta giusta. Poi mi rendo conto che è solo una battuta. «Sei bravo. Sono sicura che funziona sempre. Chiedi che cosa le piace e poi l'altra persona fa la stessa domanda...» Mi immobilizzo alla sensazione familiare di una grande mano maschile sulla testa.

«Ehi, pasticcino» dice Max, sorridendomi.

*Pasticcino?*

Max mi arruffa i capelli e guarda Caleb. «Non è carina come un pasticcino?»

Caleb lo fissa a occhi stretti. «Certo.»

Ovviamente non è d'accordo. Mi liscio i capelli. *Dio, è così umiliante. Perché Max gliel'ha chiesto? Torna a spiare da lontano!*

Max ha una scintilla maliziosa negli occhi mentre allunga il braccio, prende la mia birra e ne beve un sorso. «Buona, che cos'è?»

«Twisted Ale» risponde seccamente Caleb.

Max beve un altro lungo sorso della mia birra. Assaggiamo sempre le birre l'uno dell'altro se sembrano buone, ma si suppone che questo sia un appuntamento. Credo. Non so ancora esattamente che cos'è questa cosa con Caleb.

Gli do un'occhiata, ha le labbra tirate e gli trema un muscolo nella mandibola.

Max appoggia il mio bicchiere sul bancone. «Favolosa. Sloane, la prossima volta in cui sceglierai una birra da tenere in frigorifero per me, prendi un po' di questa. Penso che sia migliore della solita.»

«Certo» dico. Lui paga la pizza, io tengo la scorta di birra.

Max fa un sorrisetto rivolto a Caleb.

Caleb si alza di colpo, affrontando Max. Oh, merda! Non voglio che litighino. Aspettate, due uomini stanno litigando per me? Inaudito! Non so nemmeno chi vincerebbe. Le spalle di Caleb sono più massicce, ma sono frutto della palestra. Max è forte per via del lavoro fisico ed è smaliziato. D'altro canto, Caleb è cintura nera. Probabilmente è un vantaggio. Si fissano.

«Ragazzi?» dico, incerta.

Caleb parla a denti stretti. «Sloane e io siamo qui per un appuntamento. Te ne devi andare.»

Max si volta a guardarmi, appoggiandomi la mano sulla testa. «È quello che vuoi, pasticcino?»

Gli spingo via la mano. «Smettila di chiamarmi pasticcino! Mi stai mettendo in imbarazzo.»

Max piega di lato la testa. «Non hai risposto alla mia domanda! Sei a tuo agio qui con lui?»

«Lei sta benissimo» risponde Caleb per me, in un tono vagamente minaccioso.

Non sopporto altro imbarazzo. «Sì, va tutto bene. Grazie per aver controllato. Ciao, Max.»

Lui mi dà un colpetto sulla spalla e se ne va, diretto all'uscita. Caleb gli volta le spalle, quindi non vede Max che si volta e mima con le labbra *gli piaci* e il gesto osceno che fa per indicare che ci daremo da fare molto presto.

Abbasso la testa, mettendomi i capelli dietro le orecchie. Max stava mettendo alla prova Caleb prima di andarsene. Immagino che abbia ragione perché Caleb era sembrato geloso e come se mi volesse veramente per sé. Vallo a capire. Un modello favoloso vuole me, l'amicona della maggior parte degli uomini, il pesce fuor d'acqua tra le donne.

«Che somaro» borbotta Caleb.

«In realtà è un ragazzo eccezionale.»

«Giusto, talmente eccezionale che lo mantieni a birra. Solo un momento, torno subito.»

«Oh, okay.» Sorseggio la mia birra allungando il collo, sperando che non stia seguendo Max. È tutto calmo, non si sentono voci maschili alterate, quindi immagino che Caleb sia solo andato in bagno. Fisso la TV sopra il bar. Ora che so che gli piaccio, davvero, non solo come amica o come sfida, che cosa faccio con lui?

# 5

*Caleb*

Non mi interessa se Sloane dice che lei e Max sono solo amici, si capisce che a Max lei piace. E me lo stava facendo sapere, dicendole di tenere una certa birra in frigorifero per lui, proprio davanti a me. Per non dire che si è fatto vivo due volte ai nostri appuntamenti. La prima volta avevo dovuto annullare, ma conta comunque perché si era autoinvitato.

E perché Sloane non dovrebbe piacergli? È intelligente, bella e terra terra. Non è una di quelle donne inaffidabili, ossessionate dal trucco e tutta quella roba superficiale come tante delle donne che incontro. Rischi del mestiere, suppongo. Non mi ero reso conto di quanto volessi stare con il tipo di donna con cui sono cresciuto finché non ho nuovamente incontrato Sloane. È una ragazza di qui cui piace anche la città, proprio come me. Mi piace il suo carattere originale, senza pretese. È così genuina. E sa che cosa vuole nella vita, anche se il lavoro che ha scelto è insolito. Non ho mai incontrato qualcuno come lei e non penso che ce ne sarà un'altra. Sloane è unica.

Vado nella sala da pranzo anteriore, dove Kayla e Adam stanno cenando. Tiro fuori una sedia al loro tavolo rotondo, la sposto per essere più vicino a Kayla e mi siedo. Sloane non può vederci dalla zona del bar. Kayla mi sorride, con gli occhi castani che scintillano.

«Siediti pure» dice seccamente Adam. Mio fratello ha sei anni più di me. Ci assomigliamo, tranne che per i colori: lui ha capelli castano scuro, occhi marroni e guance con un velo di barba.

«Come sta andando con Sloane?» chiede Kayla.

Abbasso la voce. «Avevamo appena cominciato a parlare quando si è avvicinato Max, toccandola, bevendo dal suo bicchiere e poi dicendole di tenere questa nuova birra in frigorifero per la prossima volta in cui sarebbe andato a casa sua!» Alzo la voce alla fine della frase. Non riesco a farne a meno.

«Sono una coppia?» chiede Adam.

«L'ho visto anche alla Serata delle Donne giovedì scorso» dice Kayla.

«Aspetta, è venuta qua insieme a lui anche giovedì?» *Sapevo* che Max era qui per un motivo. Sloane ha detto che è arrivato dopo di lei, quindi non sono sicuro che l'abbia invitato o se si è fatto vivo per intervenire. In un modo o nell'altro, è un grosso problema.

Adam torna a mangiare il suo pollo arrosto, lasciando che ci pensi Kayla a mettermi al corrente. Max era con Sloane giovedì sera, ma aveva dovuto andarsene in fretta dopo aver fatto incazzare Audrey. A quando pare, Max e Audrey hanno avuto una storia. A me andrebbe bene se tornassero insieme, ma non è il motivo per cui sono qui.

«Posso chiederti un favore?» dico a Kayla.

Adam appoggia la forchetta per ascoltare.

«Certo!» risponde vivacemente Kayla.

Le sussurro all'orecchio: «Potresti passare del tempo con Sloane? È tornata in città qualche mese fa, le amiche che aveva alle superiori si sono trasferite e penso che avrebbe bisogno di un'amica».

Lei mi dà un'occhiata d'intesa. «Intendi dire qualcuno oltre a Max?»

Faccio un cenno affermativo.

«Nessun problema.» Informa rapidamente Adam, che è

ancora chino in avanti cercando di sentire, poi si volta verso di me sussurrando entusiasta: «Sloane mi piace. La inviterò a unirsi a noi questo giovedì per la Serata delle Donne e mi assicurerò di dirle di non portare Max questa volta. Non sarebbe carino nei confronti di Audrey».

«Perfetto.»

Kayla balza in piedi. «Vado a chiederglielo subito e mi farò dare il suo numero, così potremo restare in contatto.»

Appena Kayla se ne va, Adam mi guarda perplesso. «Ti sembra veramente che sia necessario tenere Sloane lontana dall'unica persona amica che ha perché è un uomo?»

Cerco di placare il mio senso di colpa dicendomi che Kayla sarebbe un'amica migliore per Sloane rispetto a Max. Non funziona. Sono geloso. Non ne vado fiero, ma è così. Non sono mai stato geloso in vita mia.

«Guarda te e Kayla» dico, sulla difensiva. «Avevi giurato e spergiurato che eravate solo amici, passavate un mucchio di tempo insieme e poi, voilà, siete fidanzati.»

Adam sorride. «Sono così maledettamente fortunato.»

«Sì, sì, lo sappiamo. Kayla è la donna migliore che abbia mai calpestato il suolo di questo pianeta.»

Il suo sguardo va verso il punto in cui è andata lei. «Lei è tutto il mio mondo.»

«Le vogliamo tutti bene, è fuori di dubbio.» Do un'occhiata nervosa verso la sala da pranzo posteriore, preoccupato, un po' in ritardo, che Kayla possa rivelare a Sloane più di quanto mi piacerebbe. Kayla è un libro aperto, dice sempre quello che pensa, qualunque cosa sia. Anch'io sono noto per dire sempre quello che penso, ma uso un po' di discrezione. Non so se Kayla conosca il significato di questa parola.

Adam sembra leggermi nella mente. «Oh, sì, Kayla sta vuotando il sacco e dicendo a Sloane che lei ti piace davvero. È così, vero? Non ti ho mai visto preoccuparti della persona con cui una donna passa il suo tempo. Di solito te ne vai senza problemi e hai sempre un'altra donna che ti aspetta dietro l'angolo.»

«C'è qualcosa di diverso in lei.» Non voglio ammettere che

ho sentito la scossa di cui aveva sempre parlato nostro padre. Lui aveva detto che era come se l'avesse colpito un fulmine. Secondo la leggenda di famiglia, papà le aveva chiesto di sposarlo al loro primo appuntamento e aveva dovuto chieder-glielo altre due volte prima che lei accettasse. Ci era voluto un mese da quell'appuntamento per fidanzarsi e si erano sposati poco dopo. Per i miei fratelli non era successa la stessa cosa. Adam mi prenderebbe in giro e il resto dei miei fratelli si aggregherebbe.

«Diverso come?»

Alzo una spalla, tenendo per me l'intensità dei miei senti-menti per lei. «È in gamba, un po' misteriosa, come se ci fosse tanto che non sta dicendo.»

«Forse è semplicemente timida.»

Ci penso per un attimo. Le sue risposte brevi, le guance arrossate, il modo in cui non flirta, quasi per nulla. Sembrava molto più a suo agio parlando con Max che con me. Non avevo considerato che fosse quello il motivo per cui ero così incerto riguardo a quello che pensa di me. Mi sentirei molto meglio se fosse solo quello il motivo.

«Come si fa a superare la timidezza?» gli chiedo. Adam è sempre stato riservato, preferiva restare da solo o con poche persone, mai grandi gruppi. La gente lo definiva timido da ragazzo, anche se ha sempre espresso la sua opinione quando qualcosa era importante per lui.

«Perché lo stai chiedendo a me?»

«Perché sei riservato, te ne stai per conto tuo.»

«Per scelta.»

Immagino che non mi sarà d'aiuto, ma poi mi sorprende.

«Ha solo bisogno di tempo per prendere confidenza. Sii paziente.»

«Grazie.»

Riappare Kayla, con un enorme sorriso sul volto.

«Immagino sia andata bene» dico sottovoce a Adam.

«Questa donna è una forza della natura» dice orgogliosa-mente Adam.

Kayla si siede e annuncia: «Missione compiuta! Sai, non

mi ero resa conto che abbiamo studiato entrambe matematica al college. Ha detto che le avevi menzionato il mio lavoro. Non capita spesso che incontri una donna laureata in matematica. È l'inizio di una bella amicizia numerica».

«Splendido. Torno da lei.» Mi dirigo verso la zona del bar.

«In bocca al lupo!» strilla Kayla.

Per la prima volta mi sembra veramente di avere bisogno di un po' di fortuna. Sloane mi ha spiazzato.

Trovo Sloane accanto al suo bicchiere di birra vuoto. «Vuoi un altro drink?» *Dato che Max ha bevuto la tua birra?* Avrei tanto voluto togliergli a schiaffi quel sorrisetto sulla faccia.

Lei sta guardando il bar, non me. «Okay.»

Mi siedo accanto a lei. «Che ne dici della cena? Potremmo prendere un tavolo.»

«Ho già cenato.» Finalmente mi guarda negli occhi. «Kayla mi ha invitato alla Serata delle Donne di giovedì.»

«Bello. Dovresti andarci.»

Lei mi studia il volto. «Le hai detto tu di chiedermelo, vero?»

Mantengo un'espressione impassibile. «Perché avrei dovuto dirglielo?»

«Non lo so. Te ne sei andato, lei è venuta qua e poi sei tornato quando lei se n'è andata. Mi è sembrata una coincidenza un po' strana.»

«Mi sono imbattuto in Kayla e le ho parlato di te. Le era piaciuto il fatto che avevate la matematica in comune.»

Sloane mi guarda stringendo gli occhi. «È la verità?»

Merda. Non posso mentirle guardandola diritta in faccia. «Okay, lo confesso. Le ho anche detto che potrebbe servirti un'amica. Non vedeva l'ora. È nuova in città, ha trovato il suo posto qui e la spinge ad aiutare altra gente a sentirsi inclusa.»

Sloane arrossisce. «Ma *io* non sono nuova in città.»

«È come se lo fossi. Sei tornata solo qualche mese fa e hai detto che le amiche che avevi alle superiori si sono trasferite. Scusa se ho voluto favorire un'amicizia. Pensavo che vi sareste piaciute.»

Lei si volta nuovamente verso il bar. «Non ho bisogno del tuo aiuto per farmi degli amici, Caleb. Mi hai messo in imbarazzo dicendole di essere gentile con me. Mi fa sembrare patetica.»

Sento una stretta allo stomaco. Merda. Ho sbagliato tutto. «No, non è così. Mi dispiace. Ero geloso, okay?»

Lei si volta a guardarmi, spalancando gli occhi. «Geloso di che cosa?»

«Max passa così tanto tempo con te, è ovvio che gli piaci e volevo che potessi frequentare qualcun altro.» Mi passo la mano sui capelli corti. «Sono io quello patetico qui.»

Lei mi fissa, esaminando la mia espressione.

«Non so che cosa mi è venuto... Non mi sono mai sentito...»

«Sentito come?» mi chiede Sloane dolcemente.

*Il colpo di fulmine.* Non posso dirlo, la leggenda di famiglia mi incombe nella mente, ma è una stupidaggine. L'amore a prima vista non è una cosa reale. Allora, perché mi sento spinto a stare con lei? Normalmente posso prenderle e lasciarle senza problemi.

«Possiamo ricominciare da capo?» Frugo disperatamente nella mente, tentando di cambiare argomento. «Facciamo un gioco: "la cosa peggiore che ho mai fatto". Dimentica che ho cercato di trovarti un'amica. Mi dispiace veramente di averlo fatto. Di solito non sono geloso.»

Sloane resta in silenzio per un lungo momento.

Trattengo il fiato. *Ho rovinato tutto al nostro primo appuntamento?*

Le sue labbra si curvano in un piccolo sorriso.

«Okay, comincia tu.»

Lascio uscire il fiato. «Okay, cominciamo. Ho mostrato il sedere al pubblico alla recita della prima elementare.»

Lei si mette una mano sulla bocca. «Davvero?»

«Sì, la recita era noiosa e volevo ravvivarla un po'.»

«È veramente la cosa peggiore che hai fatto?»

«Una di quelle. Adesso tocca a te.»

«Io non faccio cose brutte.»

«Ehi, non vale. Hai accettato di giocare, mi hai fatto confessare e poi me lo dici? No-no. Ci deve essere qualcosa.»

Lei fa una smorfia. «Ho rubato un pacchetto di gomme da masticare al Summerdale Mart.» È il piccolo supermercato di Summerdale. «Il tipo pieno di zucchero che fa le bolle enormi. I miei genitori non volevano mai comprarmele.»

«Il buon St. Nick ti ha scoperta?» Il supermercato è gestito da Nicholas, un uomo che va per i settanta con i capelli candidi e una grande barba bianca, che assomiglia a Babbo Natale.

Lei si porta una mano alla fronte. «Quella è stata la parte peggiore. Avevo sette anni e credevo ancora a Babbo Natale. Ero così sicura che fosse lui quello vero e che non avrei mai più ricevuto un regalo. Ho confessato e ho restituito il pacchetto la settimana seguente, meno tre pezzi. Mio padre era così imbarazzato che ha pagato il doppio del costo e poi sono rimasta senza TV per un mese.»

«Niente TV? Che orrore!»

Sloane ride, una risata di gola così sexy. «È stato orribile, ero dipendente da *Speed Dawg*.» Era un cartone animato di corse con i cani.

«Niente più *Speed Dawg*. Qualcos'altro?»

«No, ero una bambina che seguiva le regole.»

«Io invece le infrangevo per quanto possibile.»

Torna a voltarsi davanti. «Si capisce.»

Sbatto la spalla contro la sua. «Sospetto che tu sia timida. È vero?»

Lei mi fissa. «No, perché ti viene in mente?»

«Non flirti come la maggior parte delle donne.»

Resta in silenzio per un po' prima di borbottare: «Spiacente di deluderti. Probabilmente è il motivo per cui la maggior parte degli uomini mi considera un'amica».

Mi chino verso di lei. «Non sono deluso. Mi piace il fatto che tu sia diversa.»

Sloane mi guarda negli occhi e sento un'altra volta quella scossa. C'è decisamente qualcosa qui. «Oh» si limita a dire.

Ho il desiderio fortissimo di baciarla, ma mi trattengo. Troppo presto.

Sloane si liscia indietro i capelli, abbassando le palpebre. «Sei il primo che pensa che sia una bella cosa che non sia come le altre donne.»

«Bene.»

Mi fissa negli occhi. *Colpo di fulmine.* È reale.

### Sloane

Caleb mi sta accompagnando alla mia auto attraverso il parcheggio buio dopo il nostro primo appuntamento. Sono silenziosa ma ho il cervello in ebollizione. Stasera è stato bello. Sembra sincero ed è un tipo così allegro, pieno di buon umore che è facile rilassarsi con lui. Ha fatto un casino, mettendomi in imbarazzo con Kayla, ma si è scusato. È veramente geloso di Max. Gli avevo detto che siamo solo amici. Forse Caleb prova veramente qualcosa per me e questo mi fa sentire come se stessi galleggiando nell'aria.

Quasi non vorrei che la serata finisse, ma non voglio autoinvitarmi a casa sua dopo il primo appuntamento, non importa quanto mi ecciti. Casa mia è fuori discussione perché per ora vivo con mio padre. Comunque sono sicura che la maggior parte delle donne va a casa con lui dopo il primo appuntamento e non voglio essere un'altra che dimenticherebbe il giorno dopo.

«Bene, immagino che sia ora di augurarsi buona notte» dico, arrivati alla mia auto. «Ci vediamo, forse. Se lo vuoi almeno.»

*Essere capace di flirtare adesso sarebbe proprio una bella cosa.*

«Vieni qua» dice, tirandomi per il braccio. «Alla luce, dove posso vederti meglio. Parliamo per un momento.»

Lo seguo. Appena usciamo dall'ombra di un grande albero, la luna piena brilla su Caleb. I suoi lineamenti sembrano più in rilievo, come se fosse scolpito nel marmo. La sua bellezza maschile brilla. Perfino i capelli castano chiaro assumono un alone dorato. Che cosa vede lui quando mi guarda? Una donna così così, abituata a essere un pesce fuor d'acqua oppure qualcosa di più?

Caleb si avvicina, abbassando la testa per potermi guardare direttamente negli occhi. «Voglio vederti ancora.»

*Che ne dici di adesso?* No, no. Non posso precipitarmi nel suo letto, anche se è così bello e gentile e anche se di me gli piace tutto ciò che non è conforme allo stampo. Sono ancora stupefatta di piacergli.

«Anch'io» sussurro. «Rivedere te, cioè. Io mi vedo sempre.» Agito le mani. «Salve!»

Caleb sorride. «Sei divertente.»

«Quello era il mio tentativo di flirtare.»

«Ah, stai anche arrossendo? Difficile dirlo con questa luce.»

Sento le guance che si scaldano. «No.»

Caleb mi mette una ciocca di capelli dietro l'orecchio e le sue dita mi sfiorano le guance surriscaldate. Mi manca il fiato a quel contatto. «Sì, è vero.»

Le fisso al chiaro di luna, incantata, completamente ammutolita.

«Sei così bella» mormora.

Mi irrigidisco. Eccomi, che stavo credendo alla sua sincerità e adesso comincia con le battute da rimorchio. «Dici queste cose lusinghiere e sono sicura che molte donne ci cascano...»

Lui si china più vicino, sfiorandomi le labbra. «Io voglio *te*.» Mi prende il volto tra le mani e il mondo sparisce.

«Che cosa stai facendo?» chiedo stupidamente.

Caleb mi parla con la voce bassa, rassicurante. «Voglio che tu ti innamori come ho fatto io la prima volta in cui mi sono avvicinato abbastanza da vederti veramente.» Le sue labbra mi sfiorano dolcemente, dandomi una fitta di piacere. E poi mi sfiora ancora, gentilmente, come se fossi una cosa preziosa. Approfondisce il bacio e sento le ginocchia molli. È il bacio più delizioso ed erotico della mia vita. Gli stringo la camicia tra le dita, tenendolo vicino, restituendogli il bacio con lo stesso entusiasmo.

Caleb interrompe il bacio. «Colpo di fulmine» mormora, accarezzandomi la guancia.

Altre parole carine che non capisco. Certo, sembra bello. Tolgo la mano dal suo torace ma sembra che non riesca ad allontanarmi.

Caleb mi prende la mano. «So che non è così che funziona di solito, ma mi piaci veramente.»

Lo fisso. Nessuno mi ha mai detto qualcosa di simile e sicuramente non la prima volta in cui siamo usciti insieme. È quasi troppo bello per essere vero. «Perché?»

«Sei bella, intelligente e così diversa da tutte le altre donne che ho conosciuto.» Mi prende la mano e se la mette sul cuore, che sta battendo forte. «Sento qualcosa. Qui.»

Sento la bocca secca. La prova è proprio lì, sotto il palmo della mia mano. Quasi mi arrendo, non desidero altro che mettergli le braccia intorno al collo e baciarlo finché restiamo entrambi senza fiato, ma non posso. Una parte di me adora quello che sta dicendo; una parte sospetta che sia bravissimo a dire le cose che le donne si vogliono sentir dire. Devo farmi furba.

Faccio un passo indietro. «Io sono una sfida. Appena otterrai quello che vuoi da me te ne andrai.»

«Intendi il sesso? Sloane, dolcezza, quello lo posso ottenere dovunque.»

Lo guardo storto. «Senza dubbio. Sono sicura che sei circondato da modelle seminude con le tette grandi ogni martedì.»

«Oggi è martedì.»

*E io sono piatta come una tavola.*

Stringo gli occhi. «Sai che cosa intendo dire.»

Lui si avvicina dicendomi dolcemente all'orecchio: «Non farò sesso con te finché non avrai accettato di sposarmi».

Sobbalzo. «Sposarti!»

Caleb mi fissa negli occhi. «Esatto. Un impegno prima di fare quel passo.»

«Sei pazzo. Non ho intenzione di sposarti. Ti conosco appena.»

«Non ancora. E non farai nemmeno sesso con me.»

Lo fisso, con lo sguardo che scende alla sua bocca, al collo muscoloso, le spalle ampie. Oh, è bravo, perché adesso è tutto quello a cui riesco a pensare. Adesso *voglio* fare sesso con lui.

Gli afferro la testa e la tiro verso di me per un bacio appassionato. Lui me lo rende, passandomi il braccio muscoloso intorno alla vita, tirandomi contro il suo corpo; ho le dita dei piedi che sfiorano appena il suolo. Non voglio che il bacio finisca. Bacia da Dio e non mi interessa nemmeno come abbia imparato perché non riesco a smettere di volere di più. «Oh! Sono Sloane e Caleb?» chiede da lontano una voce femminile.

Mi stacchiamo di colpo, vedendo Kayla e Adam che si avviano alla loro auto. La parte peggiore è che non sono nemmeno imbarazzata. Sono *irritata* per l'interruzione. Tutto quello a cui riesco a pensare e tornare a baciare Caleb. Non ho mai sentito un desiderio simile prima d'ora.

«Buonanotte» dice Caleb con la voce roca.

Adam alza la mano in un saluto.

«Buonanotte!» dice allegramente Kayla. «Ci vediamo giovedì, Sloane!»

«Ci vediamo giovedì» le rispondo. La sua allegria e cordialità mi scaldano il cuore. Sembra sincera, anche se è stato Caleb a darle una spinta nella mia direzione. È difficile sentirsi insultata perché ha interferito quando lei è così gentile.

Appena salgono in auto, mi volto verso Caleb. «Ti voglio.» *Al diavolo il protocollo per il primo appuntamento.*

Lui mi sfiora il labbro inferiore con il pollice. «Mi fa piacere che sia reciproco.»

«Io vivo con mio padre. Andiamo a casa tua.»

«Va bene, purché ti ricordi le regole. Dovrai accettare di sposarmi prima di fare sesso.»

«Giusto.» Se sta usando la psicologia inversa, sta funzionando alla grande perché adesso riesco solo a pensare a quello. Probabilmente non mi aiuta il fatto che non faccio sesso da quando sono stata con un mio ex-collega, un insegnante di inglese che recitava sonetti di Shakespeare come preliminare romantico. Sfortunatamente, quello era stato il massimo dell'eccitazione durante l'intero incontro, che era finito più in fretta del sonetto.

«Sono serio» mi dice.

Annuisco. «Il tuo indirizzo?»

«Vivo nell'appartamento sopra il Summerdale Sweets, Jenna e io ci siamo scambiati di posto quando si è fidanzata con Eli.»

«Bello.» È appena in fondo alla strada e la cosa migliore è che vive da solo. «Ci vediamo lì.» Prendo il portachiavi e apro l'auto.

Caleb allunga la mano per aprirmi la portiera, sorprendendomi. «Non sto scherzando, Sloane.»

## 6

*Sloane*

Mi fermo, metabolizzando le parole.

Caleb annuisce e chiude la portiera. Rabbrividisco e metto in moto, uscendo dal parcheggio e dirigendomi verso il Summerdale Sweets.

Parcheggio nella strada davanti alla pasticceria. Papà a volte viene a prendere le ciambelle o i muffin da mangiare in officina, ma io non sono mai entrata in negozio. Dovrei farlo, specialmente visto che Jenna e io lavoreremo insieme nel comitato per il Festival d'Inverno a cominciare da domani sera.

Scendo dall'auto, respirando la fresca aria della sera. Appena lungo la strada, in cima alla collina c'è il vecchio cimitero della chiesa presbiteriana. La maggior parte delle tombe risale al diciottesimo secolo, alcune sono inclinate di fianco. Mi piace restare seduta lì, sulla panca di pietra all'ombra di una grande quercia. È un po' il mio rifugio segreto quando ho bisogno di stare da sola. Alcuni potrebbero trovarlo inquietante, ma io lo trovo pieno di pace.

Qualche momento dopo, Caleb si ferma nel vialetto e scende dall'auto. Indico dall'altra parte della strada. «I fantasmi ti hanno mai disturbato?»

Lui si volta a guardare e poi risponde: «In effetti a volte salgo lassù a tener loro compagnia. C'è una panca di pietra...».

«Sotto una vecchia quercia. È il mio rifugio segreto.»

Lui si avvicina, prendendomi per mano. Si alza un angolo della sua bocca. «Mi stai prendendo in giro?»

«No. È il mio posto.»

«È il *mio* posto. Come mai non ci siamo mai incontrati?»

Resto a bocca aperta. Non riesco a credere che anche lui passi del tempo lì. «Di solito ci vado dopo il lavoro, al tramonto, quando ho bisogno di stare un po' da sola. Quando ero alle superiori, ci andavo quasi ogni giorno dopo la scuola.»

Caleb mi stringe la mano. «Da ragazzo, uscivo di nascosto da casa a mezzanotte per andare in quel cimitero. All'inizio, speravo di incontrare un fantasma, poi è semplicemente diventato un posto dove potevo andare a pensare.»

Mi chiedo immediatamente se sperasse che sarebbe venuto a trovarlo il fantasma di sua madre, ma non voglio portare alla luce ricordi dolorosi. Sanno tutti in città che sua madre è morta in un incidente quando era molto giovane. Penso che la sua famiglia frequentasse la chiesa presbiteriana anche se non ci sono tombe recenti. Avevano esaurito la spazio più di cent'anni fa.

Caleb continua, guardando il cimitero. «Ci sono tornato la prima volta dopo tanto tempo quando mi sono trasferito in questo appartamento.»

«È quello il suo bello. C'è quando ne hai bisogno.»

Mi solleva la mano e bacia le nocche, fissandomi negli occhi. «Sono d'accordo.» Mi guida verso la scala esterna che porta al suo appartamento, tenendomi per mano. «Devo avvertirti. Huckleberry abbaierà ferocemente. È un fantastico cane da guardia e fa veramente paura. Però non morde.»

«È difficile avere paura di un cane che si chiama Huckleberry.»

Il cane comincia ad abbaiare come se mi avesse sentito

quando ci avviciniamo alla porta. Il suono profondo in effetti fa riflettere.

«Meno male che non sono un ladro.»

«Sono io» annuncia Caleb prima di aprire la porta. «Indietro.» Afferra il collare del cane, facendomi spazio per entrare e accende la luce. Huckleberry è un husky siberiano con gli occhi azzurri e il pelo grigio chiaro con sfumature nere.

«Ciao, Huck» dico.

Lui si lancia verso di me ma Caleb lo tiene stretto per il collare. «Seduto» ordina. Appena Huck si siede, Caleb mi dice: «Adesso puoi accarezzarlo».

Lascio che Huck mi annusi la mano, poi l'allungo per grattarlo dietro le orecchie. «Mi piacciono i cani e anche i gatti, ma papà è allergico, quindi non abbiamo mai potuto avere un animale.»

«Puoi approfittare del mio, purché lo chiami con il nome giusto.»

«Perché l'hai chiamato Huckleberry?»

Caleb accarezza vigorosamente la testa di Huckleberry, che ha la lingua che penzola in un sorriso canino. «Perché è un tontolone, un Huckleberry.» Va a prendere il guinzaglio appeso accanto alla porta. «Lo porto a fare una breve passeggiata. Mettiti a tuo agio.» Aggancia il guinzaglio al collare e vanno alla porta.

Mi guardo attorno. Non è l'appartamento da scapolo che mi aspettavo. In effetti è piuttosto accogliente. Mi chiedo se questi non fossero i mobili di Jenna, dato che si sono scambiati di posto. C'è un divano grigio con una chaise longue da un lato, tavolini e una TV su un supporto. Le pareti sono avorio. C'è un collage di fotografie incorniciate sulla parete sopra il divano che attira la mia attenzione.

Mi avvicino, aspettandomi di vedere le fotografie dei suoi servizi fotografici. È la sua famiglia. I suoi genitori e i cinque figli raccolti davanti a un albero di Natale. Caleb che sorride in alto a sinistra nella fotografia; probabilmente aveva tre anni. I capelli sono quasi biondi. Oh, carino. Sono tutte fotografie di Natale, la stessa posa davanti all'albero. Si vedono i ragazzi che crescono e i loro genitori abbracciati, felici. Ci sono sei fotografie in tutto. Finiscono quando Caleb è ancora piccolo, forse aveva otto anni, se le foto sono state riprese a cadenza annuale. Se ricordo bene, è quando è morta sua madre. Invece di continuare, hanno smesso di fare le fotografie. C'è qualcosa di triste e dolce insieme in quella decisione.

Mi tolgo la giacca e l'appendo al gancio. Dall'altra parte del soggiorno c'è un tavolino rotondo di ferro battuto con due sedie. Sembra una piccola zona pranzo. Oltre un arco c'è la cucina. Guardo oltre il soggiorno nell'altra direzione dove c'è un corridoio che deve condurre alla sua camera.

Beh, non ho intenzione di essere presuntuosa e andare semplicemente lì e denudarmi aspettandolo. Anche se lo desidero da morire. Sarebbe scortese. Credo. O forse sarebbe seducente e sexy? Vorrei avere delle amiche a cui chiedere cose di questo genere. Le poche volte in cui l'ho chiesto a un amico lui è scoppiato a ridere, informandomi che tutto quello che dovevo fare era dire che volevo scopare ed era cosa fatta. Perfino *io* so che è troppo sfacciato a un primo appuntamento. Non voglio spaventarlo e farlo scappare.

Mi siedo sul divano e mi appoggio ai cuscini, cercando di sembrare rilassata e a mio agio. Come se seducessi continuamente gli uomini con atteggiamenti sexy.

La porta di apre di colpo e Huckleberry si precipita dentro, ansimante e felice. «Ciao!» gli dico accarezzando. La sua pelliccia è fredda perché è stato all'esterno. Si avvicina, urtandomi, arrotolando e agitando la coda piumosa.

«Huckleberry, seduto» ordina Caleb. Il cane obbedisce immediatamente, guardandolo. «Bravo ragazzo, seduto.» Gli dà un biscottino che prende dalla tasca della giacca e mi guarda. «Ho assunto un addestratore perché mi insegnasse come lavorare con lui. Questo cane è così intelligente e ha tanta voglia di piacere che ha imparato il significato dei comandi in un mese. Guarda com'è intelligente. Huckleberry, prendi la scimmia.»

Huckleberry trotterella verso un grande cestino di vimini nell'angolo della zona da pranzo e comincia a toglierne giocattoli per cani. Contenitori da riempire di cibo, giocattoli di corda, un frisbee verde fluorescente e infine afferra una scimmia viola e corre da Caleb, lasciandogliela cadere ai piedi.

«Impressionante» dico.

«Guarda.» Caleb gli dà un biscottino, lodandolo e si accuccia accanto al cane. «Prendi la palla gialla.»

Huckleberry corre indietro e la prende dal cestino, poi torna e la lascia cadere ai piedi di Caleb.

«Questo cane ha del talento» dico, impressionata. «Riesce perfino a scegliere il colore.»

Caleb reprime un sorriso.

«Aspetta un momento.» Vado al cestino dei giochi. Ci sono due palle gialle. L'unico colore. «Non è così difficile quando tutte le palle sono gialle.»

Caleb sorride. «Saresti rimasta impressionata se non avessi sbirciato nel cestino. Comunque vede il mondo più che altro in gialli e blu.» Dà una grattatina sul fianco a Huckleberry. «Bravo ragazzo, che ci hai mostrato quanto sei intelligente.» Si rimette in piedi. «Fa anche quella cosa buffa, in cui prende in bocca il guinzaglio e si porta in giro da solo. Non gli ho insegnato io quel trucco. Ci ha pensato tutto da solo. Posso offrirti qualcosa?»

«Grazie, sto bene così.» Mi chino ad accarezzare il fianco di Huckleberry e lui mi lecca la faccia, sorprendendomi. «Puah, un bacio canino.»

«Spero che non ti dispiaccia se mangio. Non ho ancora cenato.» Va in cucina e Huckleberry lo segue trotterellando.

Oddio, mi sento male. Caleb probabilmente pensava che avremmo cenato insieme all'Horseman Inn. Mi aveva chiesto se volessi qualcosa da mangiare quando eravamo lì. Io mi ero impegnata solo per un drink perché ero così incerta nei suoi confronti. Immagino di aver fatto un pasticcio.

Lo seguo in cucina. «Non mi ero resa conto che non avessi ancora cenato.»

«Non è un problema. Ho degli avanzi, devo solo scaldarli.

Puoi stare a tavola con me. Vuoi del vino? Ho quello, vodka o acqua. Scegli il tuo veleno.»

«Va bene l'acqua. La prenderò io.»

Comincio a guardare negli armadietti e lui si avvicina da dietro, allungando la mano sopra la mia testa per prendere un bicchiere. Mi sorride dall'alto. «Ecco.»

Mi volto a guardarlo, con i corpi premuti vicini. Il suo calore è inebriante. «Caleb.»

Lui mi passa il dito lungo il naso. «Voglio imparare a conoscerti bene. Raccontami tutto.»

Fisso la sua bocca; vorrei un altro bacio. «Non c'è niente da dire. Sono cresciuta a Summerdale, sono andata via per il college, ho passato quattro anni a fare un lavoro che non mi piaceva e adesso sono di nuovo a casa.»

Lui mi bacia, un bacio breve e forte. «Puoi fare meglio di così.» Si sposta, apre il frigorifero e toglie una ciotola di qualcosa che mette nel microonde.

Prendo dell'acqua dal rubinetto. «Ho visto le fotografie della tua famiglia a Natale. Sono tenere. È bello vedere i ragazzi che cambiano nelle foto, ma i vostri genitori sembrano gli stessi. Felici.»

«Felici e stanchi, sicuro. Avevano cinque figli e *non* eravamo degli angeli. Papà gestiva l'Horseman Inn, di proprietà dei Robinson da lungo tempo, e la mamma era un'infermiera.»

Mia madre era una commessa che era diventata la mia manager finché non avevo infranto i suoi sogni vicari di gloria diventando goffa. Quello lo tengo per me.

Qualche minuto dopo, ci spostiamo al tavolino da bistrot. Caleb sta mangiando pollo saltato in padella e riso. Io sorseggio l'acqua, fissando le fotografie di Natale.

Dopo un po' gli chiedo; «Le fotografie ti fanno sentire meglio o peggio riguardo al Natale?». Mancano solo due settimane e mezza alla festa.

Lui volta la testa per guardarle. «Mi ricordano che i miei genitori sono ancora parte di noi e mi fanno sentire bene.

Sarebbe stupido tenere delle fotografie che mi fanno sentire triste.»

«Vero.»

«La mamma è morta quando avevo otto anni, qualche giorno dopo Natale. La sua auto è slittata sull'asfalto ghiacciato mentre andava al lavoro in ospedale.»

«Mi dispiace tanto.»

Caleb annuisce. «Grazie. Natale non è più stato lo stesso, ma avevo i miei ricordi. Papà appendeva queste fotografie ogni Natale per farci sentire che lei faceva ancora parte di noi. Io sono stato l'unico che le ha volute quando papà è morto.»

È un orfano. Sento il desiderio improvviso di abbracciarlo. Suo padre è morto più di recente, probabilmente due anni fa. Ricordo di averlo visto all'Horseman Inn quando venivo a casa a trovare mio padre.

Lo fisso per un momento. Ha un atteggiamento così naturalmente allegro che è difficile immaginare che cos'ha passato, perdendo entrambi i genitori quand'era relativamente giovane. «È un bene che avessi tutti quei fratelli a tenerti compagnia. Io sono figlia unica.»

«Davvero? Casa tua deve essere stata tranquilla.»

«Sì.»

Caleb annuisce. «Sono stato fortunato ad averli. Dopo la morte della mamma, papà si è assunto tutte le responsabilità, cercando di essere tutto ciò di cui avevamo bisogno e mia sorella, Sydney, è diventata una specie di seconda mamma per me. I miei fratelli maggiori si occupavano di me. Sono sopravvissuto. Immagino che tu sia molto legata a tuo padre dato che ti piace lavorare con lui. E tua madre? Ha lasciato la città un po' di anni fa, giusto?»

Un argomento di conversazione che detesto, anche se non immagino che a lui sia piaciuto condividere il suo passato. «Ero molto legata a lei prima del divorzio, quando ero molto giovane. Dopo non tanto.»

«Tuo padre ha ottenuto la custodia, è piuttosto insolito.»

Faccio spallucce. «Mia madre ha lasciato il paese. Fare la madre non faceva per lei.»

«È terribile.»

Alzo una mano. «Ha funzionato alla grande. Papà e io abbiamo più cose in comune e se non fosse successo non avrei mai fatto l'apprendistato dal più grande meccanico al mondo. Mi piace lavorare lì.»

«Pensi che resterai a Summerdale?»

«Per sempre.» Stringo le labbra. «Accidenti, non dirlo a mio padre. Vuole che intraprenda una vera carriera. Non mi ascolta quando gli dico che è questo quello che voglio fare.»

«Forse cambierà idea quando si renderà conto che sei indispensabile.» Sorride e gli sorrido anch'io automaticamente. Mi passa il pollice sulla guancia fissandomi negli occhi per un lungo momento mozzafiato. Sono ammaliata.

Mi bacia, un bacio tenero che mi fa venire voglia di salirgli in grembo. Interrompe il bacio e si alza, tracciando la mia mandibola con le dita mentre mi alza il volto. Si china e mi bacia di nuovo.

Io sorrido sognante.

Lui mi guarda intensamente per un momento prima di voltarsi bruscamente. «Mi darò una lavata e poi ci metteremo all'opera» dice andando verso la cucina.

Huckleberry quasi rovescia il tavolo uscendo da sotto per seguire Caleb.

*Ci metteremo all'opera. Mmm...*

Deve intendere fare sesso. Mi ha baciata appena prima di dirlo, abbiamo pomiciato nel parcheggio e mi ha invitata a casa sua per avere un po' di privacy. È l'unica conclusione logica. Sono lieta che abbia reso questa faccenda della seduzione così semplice e chiara per me.

Lascia i piatti nella lavastoviglie, ammicca e va nel corridoio. Per lavarsi i denti, immagino. Beh, lo aspetterò a letto. So capire un segnale di seduzione quando lo vedo. Il fatto che abbia ammiccato, dopo i segnali precedenti, mi dà sicurezza.

Metto il bicchiere nella lavastoviglie e vado nel corridoio nel quale è appena scomparso Caleb. La porta della camera è chiusa. Huckleberry è seduto subito fuori.

«Attento» gli dico, spostandolo, infilandomi dentro in

fretta e chiudendo la porta alle mie spalle. Non voglio un cane a letto con noi.

La porta del bagno è chiusa. Perfetto. Mi dà il tempo per prepararmi. Mi guardo attorno. La camera da letto è spartana. Solo un letto king size con una trapunta blu scuro e una testiera imbottita grigia, un paio di comodini di legno e metallo e un'alta cassettiera. Deve tenere la maggior parte della sua roba appesa nell'armadio. Mi impressiona che sia così ordinato. Papà ha i vestiti sparsi dappertutto e non piega mai la biancheria pulita, prende semplicemente la roba dal cesto.

Huckleberry piagnucola dall'altra parte della porta.

«Shh, va tutto bene» gli dico. Non sto facendo niente di nefasto qui per allarmare un cane. Ah-ah. Mi spoglio in fretta e mi tuffo sotto le coperte. Oh, le lenzuola devono essere di seta. Mi dimeno, infilandomi sotto. Sono blu chiaro e l'effetto di tutto quel blu e grigio è rilassante. Probabilmente dovrei spegnere la luce centrale e lasciare solo la lampada sul comodino.

Sento l'acqua scorrere nel bagno. Okay, ho tempo. Accendo la lampada e scendo in fretta dal letto per andare all'interruttore accanto alla porta.

La zampa di Huckleberry appare sotto la porta, mentre continua a piagnucolare. La spingo indietro. «Shh, vai a dormire.»

*Bau! Bau! Bau!* Gratta la porta.

«Huckleberry, seduto» sussurro ferocemente attraverso la porta. Guardo indietro verso il bagno. Ancora chiuso.

*Bau! Bau!* E poi peggiora. Huckleberry ulula sempre più forte.

Accidenti, fa tanto rumore. Mi guardo attorno e noto che c'è un lettino per cani nell'angolo accanto al comodino. Huckleberry deve pensare che sia ora di dormire ed è stato lasciato fuori.

Mi precipito verso il lettino del cane, un grosso cuscino a quadri blu con la superficie di flanella avorio. Torno verso la porta e la apro, spingendo fuori il lettino. Huckleberry lo afferra coi denti e scuote la testa da una parte all'altra.

«Non morderlo. Si suppone che tu ci dorma. Lascialo andare.» Cerco di toglierglielo dalla bocca, ma Huckleberry abbassa il treno posteriore per fare leva e resta aggrappato. Voglio solo portarlo in soggiorno in modo che non si allarmi se sentirà dei rumori in camera.

Accidenti, ha le mascelle forti. «Se ti lascio andare, lo porterai con te in soggiorno?» Sto patteggiando con un cane che si chiama Huckleberry.

Lui scuote la testa, quasi strappandomi il lettino dalle mani. Affondo i talloni, piegandomi all'indietro. Poi Huckleberry lascia andare di colpo il lettino e abbaia. Ricado all'indietro...

Proprio tra le braccia di Caleb. *Oh Dio.* Sento una vampata di calore per la completa mortificazione. Ero così presa dal tiro alla fune che non ho sentito aprirsi la porta.

Caleb mi sorride. «Stavi lottando con Huckleberry per chi doveva avere il lettino?»

Mi raddrizzo, continuando a voltargli la schiena. «È carino che non menzioni il fatto che sono nuda mentre faccio la lotta con Huckleberry.»

Caleb accende la luce centrale. «Quella parte mi piace.»

Mi precipito di fianco al letto e mi rimetto il maglione, senza preoccuparmi del reggiseno. Il maglione è abbastanza lungo da coprire le parti essenziali. Huckleberry corre verso di me, afferra le mie mutandine nere e scappa.

«Ehi, quelle sono mie!» Non sono pronta per una rincorsa senza mutande con Caleb testimone, quindi mi infilo i jeans senza mutande e il reggiseno da sotto il maglione. Che cane malizioso.

Caleb mi guarda dalla testa ai piedi. «Sarebbe fuori luogo dirti che stai meglio senza vestiti?»

Mi blocco, divisa tra l'imbarazzo e lo sguardo di apprezzamento. So che ha visto tante, tantissime belle donne sia al lavoro sia nella sua vita sociale.

«Non mi dispiace sentirtelo dire.»

Lui si avvicina e mi abbraccia. «Direi che quelle mutandine sono fritte.» Mi accarezza i capelli facendomi capire che capisce come sono diventate caotiche le cose, con la mia prematura nudità e il fatto che abbia perso la battaglia con un risoluto husky siberiano.

Gli appoggio la fronte sul petto. «Doveva essere un tentativo di seduzione.»

Lui mi alza il mento. «Mi hai già conquistato. Fidati.»

Huckleberry corre con le mie mutandine in bocca e salta sul letto, infilandosi sotto le coperte e riuscendo ad alzarle abbastanza da nascondere le mie mutandine. Poi si sdraia, ansimando e con un'espressione fiera di sé.

«Almeno so che sono al sicuro» dico.

Caleb ride e va verso il letto. «Huckleberry, giù.» Il cane salta giù immediatamente e aspetta con impazienza il comando successivo. Caleb recupera le mie mutandine e le solleva con entrambe le mani tenendole per la cintura. Sembrano stranamente piccole nelle sue mani. «Almeno sono in un solo pezzo. Le laverò io.»

«Per me sono morte. Buttale pure via.»

Lui me le tira come fossero una fionda e io faccio un passo di lato. *Alla faccia della seduzione.*

Ho bisogno di saperlo. «Che cosa intendevi dire con "ci metteremo all'opera"?»

Fa un sorrisino. «Che avremmo parlato.»

*Grave errore di calcolo. Immagino che adesso me ne andrò a casa con la coda tra le gambe.*

Incrocio le braccia, guardando ovunque tranne che lui. «Oh.»

«Ti sentiresti meglio se mi togliessi la maglia?»

## 7

Disincrocio le braccia, sentendo la bocca secca. «Sì, per favore.»

Lui si toglie in fretta la maglia con un movimento a due mani che fa flettere i suoi muscoli. Il mio polso accelera. Così va *molto* meglio. In effetti, davanti all'esempio più perfetto di corpo maschile che abbia mai visto, la mia mortificazione svanisce nel nulla. Mi aiuta anche il fatto che io sia completamente vestita (meno le mutandine) e lui sia in mostra, giusto per ridurre il mio svantaggio. Un gesto gentile e sexy da parte sua. Ha la pelle dorata, muscoli definiti dalle spalle rotonde alle braccia, ai pettorali, agli addominali. Una sottile scia di peli sparisce sotto la cintura dei jeans.

Mi lecco le labbra. «Fai molte foto a torso nudo?»

«Alcune. O a volte con la camicia aperta.»

Si sdraia sul letto e alza le coperte per me. Io non esito a tuffarmi completamente vestita.

Mi getto impulsivamente le coperte sopra la testa. Immagino di non essere proprio pronta a mostrare la pelle dopo lo spettacolo che ho dato. «Puoi spegnere la luce?» chiedo, con la voce attutita dalle coperte.

«Ma ho già visto il tuo dolce corpicino.»

Vero. Probabilmente mi rilasserei se ricominciassimo a

baciarci, ma poi ricordo il testimone peloso. Huckleberry ci sta fissando?

Qualcosa salta sopra di me e squittisco, togliendomi le coperte dalla faccia. Non è Huckleberry. Caleb mi ha intrappolato sotto di lui, con le braccia e le gambe ai miei lati.

«Sono intrappolata» protesto.

Lui mi appoggia la mano sulla guancia. «Arrenditi, dolcezza.» Mi bacia. Baci profondi che mi fanno dimenticare tutto tranne il suo calore e il suo peso, il suo sapore e la pressione delle sue labbra.

Caleb si sposta, scendendo con le labbra lungo il mio collo, sfiorandolo con i denti. Rabbrividisco. Mi solleva per togliermi il maglione, il reggiseno e poi mi spinge di nuovo sul materasso. Adesso siamo entrambi a torso nudo. Lui mi accarezza il seno, facendo contrarre i capezzoli che poi succhia, una trazione insistente che mi fa muovere i fianchi mentre la pressione tra le mie gambe aumenta.

Le mie mani si muovono liberamente sulla sua schiena, godendo della dura superficie dei muscoli, la loro potenza trattenuta. I suoi capelli a spazzola sono stranamente morbidi e spinosi allo stesso tempo. Le nostre bocche si uniscono per un lungo bacio.

Caleb alza la testa. «Dovremmo fermarci.»

«*Non* dovremmo fermarci.» Mi slaccio i jeans e me li tolgo. Adesso sono completamente nuda dato che Huckleberry mi ha rubato le mutandine. Non m'importa nemmeno del cane malizioso purché non ci interrompa.

Caleb tiene gli occhi fissi sul mio volto. «Ti ho detto che non avremmo fatto sesso finché non avessi accettato di sposarmi.»

Resto a bocca aperta. «Sei serio? Mi hai invitato tu nel tuo letto. Mi baci come se facessi sul serio e non volessi solo parlare.» Non mi meraviglia avere fatto un errore di calcolo. *Alla faccia dei segnali confusi.*

«Colpo di fulmine» mormora, e non ha senso.

Non ho tempo per pensarci perché la sua mano scende lungo il mio stomaco nudo e ogni muscolo del mio corpo si contrae nell'attesa. Si sposta, passandomi la mano di lato, lungo la curva dei miei fianchi sottili. Mi bacia il fianco. «Hai delle piccole curve dolcissime.»

Chiudo gli occhi. «Non penso che sia carino portarmi a letto e poi, sai, parlare di matrimonio quando ci sono bisogni più pressanti proprio adesso.»

Mi sfiora la bocca con le labbra. «Di che tipo di bisogni stiamo parlando?»

Gli afferro la nuca e lo fisso direttamente negli occhi. «Bisogni molto urgenti.»

La sua mano traccia una lenta scia dal fianco fino alla piega della coscia e poi lungo l'interno della gamba. Guarda la mia espressione mentre si muove. «È passato un po' per te?»

«Sì.» Non gli chiedo quanto tempo è passato per lui, ma me lo dice lo stesso, fermando la mano in alto sulla coscia. «Anche per me. Avevo deciso che ero stanco del sesso vuoto, senza senso.»

Sono sicura che la sua versione di "molto tempo" sia diversa dalla mia. Mmm... Se è stanco del sesso senza senso, che cosa ci fa a letto con me al nostro primo appuntamento?

Che stare insieme ha un significato profondo per lui? È quello che significa il colpo di fulmine? Cioè, amore a prima vista?

È per quello che sta parlando di matrimonio?

È una follia!

Sto per dirglielo quando la sua bocca si appoggia sulla mia, invitandomi ad aprirla ed esplorandola. Io mi sciolgo sul materasso. E poi le sue dita, le sue magnifiche dita, vanno direttamente alla centrale del piacere e apro le gambe, arrendendomi completamente.

Caleb continua a baciarmi mentre le sue dita mi portano in alto, su, su, in una stretta spirale di piacere. E poi osserva la mia espressione mentre le sue dita fanno la magia. Non riesco a distogliere gli occhi, ipnotizzata dall'intensità dei suoi che mi tengono insieme e mi fanno esplodere allo stesso tempo.

Passa qualcosa di profondo tra di noi, un'ondata di emozione, due anime che si riconoscono.

Rabbrividisco quando l'orgasmo mi colpisce. La sua bocca copre la mia, ingoiando i miei lievi gemiti.

Lui solleva la testa. «Bella, sei così bella, Sloane.»

Batto le palpebre per ricacciare lacrime inaspettate. Gli credo davvero.

~

## Caleb

Ho una donna nuda e sexy nel mio letto e adesso non so che cosa farne. Non può restare perché la tentazione sarebbe troppo forte per me. Devo mettere dei paletti, più che altro perché voglio che creda alla mia sincerità. L'unico modo per sapere per certo che è *quella giusta* è passare del tempo insieme imparando a conoscerci. Sloane risponde a tutti i requisiti: intelligente, bella, capace, sexy. E c'è anche qualcos'altro. Non è finta, in nessun modo. Né gli strati di cosmetici né le sue maniere. Tutto in lei è franco e sincero. Anche quando è imbarazzata resta adorabile, perché è reale.

E il fatto che abbiamo lo stesso posto segreto a Summerdale, dove non ho mai visto nessun altro, deve significare qualcosa. Dopo la morte di mia madre è stato il posto in cui mi sono sentito più vicino a lei, anche se è sepolta fuori città. Ci portava alla chiesa presbiteriana quando eravamo bambini. È stata mia madre a inviarmi Sloane?

Tutti i segni, il colpo di fulmine, la facile compatibilità, il posto segreto che condividiamo, rendono Sloane quella che stavo aspettando? Tendo verso il sì. Comunque non voglio farle fretta. Papà aveva chiesto alla mamma di sposarlo al loro primo appuntamento. Io non ho intenzione di farlo. Sto solo dicendo che non faremo sesso finché non saremo a quel punto. Una promessa per il nostro futuro.

Sono folle?

Scendo dal letto e cerco Huckleberry. Si è messo comodo

sopra i vestiti di Sloane. Glieli tolgo di sotto e li scuoto, spaz-zolandoli. «Non malissimo. Solo un po' di pelo.»

«Mi stai buttando fuori?» La voce di Sloane è un po' stridula.

«No, puoi restare. Mi sembra solo più sicuro se entrambi siamo vestiti.»

Lei afferra i vestiti e se li mette in fretta. «So quando non sono più la benvenuta.»

«Ehi, non è così. Semplicemente non voglio affrettare le cose.»

«Lo capisco perfettamente.» Per evitarmi rotola giù dal letto dall'altra parte.

Faccio il giro e le vado incontro lì, afferrando la maglia dal comodino e infilandomela. «Non ci vuole molto per farti arrabbiare. Hai un bel caratterino.»

I suoi occhi color ambra lampeggiano. Il mio cuore sussulta, battendo più forte. «Non ho un brutto carattere.»

«Ti stai affrettando ad andartene perché pensi che non ti voglia qui.»

Lei alza la testa. I capelli sono in disordine a causa delle mie dita e del materasso. «Non sono arrabbiata perché non mi vuoi qui. Va bene, lo capisco, okay.»

Le metto le dita dietro la nuca, tirandola vicino. «Sono d'accordo che sarebbe più facile per me se tu te ne andassi perché, se non l'hai ancora notato, sono piuttosto eccitato. Ma non significa che te ne devi andare. Prima o poi mi passerà.»

Sloane dà un'occhiata al mio inguine, dove i jeans tirano. «Oh, c'è un bel rigonfiamento lì. Vuoi, uhm, che ti aiuti?»

«No» dico a denti stretti.

Lei mi guarda negli occhi. Nei suoi c'è un luccichio deter-minato. «Non posso sposarti, sai, quindi tanto vale che lasci perdere la faccenda del *niente sesso prima del matrimonio*.»

«Perché no? Sei sposata in segreto con un altro?»

«No.»

«Non dirmi che non hai ancora compiuto diciotto anni.»

Lei scoppia a ridere. «Adesso sei ridicolo.»

«Che sollievo.»

Sloane mi dà uno spintone. «Sai che ho un anno più di te.»

Le scosto i capelli dal volto, mi chino e le bacio la guancia. «Allora non vedo dove sia il problema.»

Lei mi dà un colpetto sulla spalla. «È stato bello. Grazie.» E va verso la porta.

Fisso la sua schiena, diviso tra lasciarla andare e chiederle di restare. Sembra che io sia l'unico che ha subito il colpo di fulmine. Papà aveva chiesto tre volte alla mamma di sposarlo prima che lei accettasse. Forse Sloane ha solo bisogno di tempo per mettersi in pari. O forse mi sto immaginando tutto. Papà era l'unico Robinson a credere all'amore a prima vista per la donna giusta. Era solo una leggenda di famiglia. C'è solo un modo per saperlo con certezza.

«Cena, domani sera» le dico.

Lei si ferma e si volta, guardandomi negli occhi. *Scossa.* «Domani sera c'è la riunione del comitato per il Festival d'Inverno.»

«E io ho la classe dei principianti di karate. Prima. Ci vedremo per mangiare un boccone in fretta.»

Lei scuote la testa. «Non sei... Non vuoi...»

«Che cosa?»

Lei alza le mani. «Questo è il mio completo elegante. Ti avverto. È il massimo che puoi ottenere.»

Scuoto la testa. Si preoccupa perché sono abituato alle modelle, ed è abbastanza vero, ma ho imparato a guardare più in fondo.

Si indica le gambe. «Ho anche una gonna diritta, che detesto indossare d'inverno perché mi fa sentire freddo.»

Mi muovo lentamente verso di lei che spalanca gli occhi e fa un passo indietro. Le avvolgo un braccio intorno alla vita e la faccio camminare all'indietro, inchiodandola contro la parete.

Le sue pupille si dilatano e respira più forte. «Che cosa stai facendo?» mi chiede senza fiato.

Le parlo all'orecchio. «Non ti ho detto che appari al meglio senza vestiti?»

Sloane annuisce. C'è una vena che batte rapidamente nella

sua gola delicata. Premo lì le labbra, curvandole in un sorriso. La chimica tra di noi funziona. È un inizio promettente.

Alzo la testa e la guardo direttamente negli occhi. «Non devi cambiare chi sei, per me. Puoi indossare quello che trovi comodo.»

Lei mi fissa a bocca aperta.

Le do un ultimo bacio. «Ci vediamo domani sera per la cena. Ti manderò un messaggio con i particolari.»

Lei annuisce e si volta, andando verso la porta. L'accompagno, prendendo la borsa dove l'ha lasciata sul divano. L'aiuto a mettersi la giacca.

Alza gli occhi per guardarmi, con le guance rosate. «Buonanotte, Caleb. È stato veramente bello.» La sua voce è dolce con un tocco di desiderio.

Ci vuole tutta la mia determinazione per lasciarla andare. Le bacio la fronte. «Buonanotte.»

Sloane se ne va e io riesco finalmente a respirare.

Huckleberry trotterella verso di me con le mutandine in bocca.

«Dammele!»

## 8

*Sloane*

Entro al Summerdale Pizza e Caleb è già lì, in piedi appena
dentro la porta. Resto improvvisamente senza parole.
Quest'uomo mi ha vista nuda. Mi ha procurato un orgasmo
esplosivo, mi ha augurato la buonanotte e adesso abbiamo un
appuntamento informale per mangiare una pizza.

«Ciao» mi dice con calore.

Mi sento avvolgere dal calore solo sentendo la sua voce. È
come se il suo calore fosse contagioso. «Ciao, non pensavo che
i modelli mangiassero la pizza.»

«Brucerò le calorie con la classe di karate questa sera. Di
solito Drew e io ci alleniamo insieme dopo. È un partner feno-
menale. Ex ranger dell'esercito.»

«Fico. Sì, l'avevo sentito. Mi innervosirebbe lottare con lui,
anche solo per allenarmi.»

Lui mi prende la mano e va verso il bancone. «No. È il mio
fratellone. Inoltre ha un controllo ferreo. Era il capo della sua
squadra perché potevano fidarsi che avrebbe mantenuto il
sangue freddo.»

Reprimo un brivido quando mi viene in mente l'immagine
del soldato calmo e letale. «Penso che sia un bene.»

«Che cosa posso offrirti?»

«Una pizza col salame piccante, grazie.»

Ordina per me e poi prende per sé un'insalata e una pizza bianca con gli spinaci.

Studio il suo profilo con gli angoli e la pelle perfetta. «Sei uno di quei tipi strambi che bevono i frullati verdi, vero?»

Mi fissa con i suoi occhi nocciola. «Ciò che metti nel tuo corpo si vede all'esterno. Ti piace il risultato, vero?»

«Sei pieno di te.»

Lui si china più vicino, sussurrandomi all'orecchio: «Il tuo rossore ti smaschera, dolcezza».

«Non sto arrossendo.» È strano che mi chiami dolcezza. Non sono assolutamente dolce. Dolcezza si può chiamare una cosina carina.

Sal, un uomo di mezz'età con i capelli castani che si stanno diradando, interviene da dietro il bancone. «Hai le guance rosse come pomodori, tesoro. Che cosa ti sta dicendo all'orecchio questo tizio?»

«Niente» rispondo, ancora più imbarazzata.

«È timida» dice Caleb.

Sal si tira su il colletto della polo rossa, incassando la testa. «Allora devi convincerla a uscire dal suo guscio. Come una tartaruga.»

*Per favore...* «Vado a occupare un tavolo.» Afferro alcuni tovaglioli dal distributore in fondo al bancone e prendo un tavolo accanto alla vetrina.

Qualche minuto dopo, Caleb si siede davanti a me con le pizze sui piatti di carta. «Potrei rivedere la mia opinione sulla tua timidezza. Dopotutto, ti sei spogliata per me al primo appuntamento.»

Ho le guance in fiamme. «Puoi abbassare la voce?»

«Che c'è? Ci siamo solo noi. Sal è accanto ai forni. Non ci può sentire.»

Do un morso alla pizza e mastico. «Non menzionarlo più. Fingi che non sia mai successo.»

«Ma ogni volta che ti guardo vedo sotto i tuoi vestiti, come se avessi i raggi X.» Apre la sua bottiglia d'acqua. «Sai, per via del fatto che eri nuda.»

Mi chino in avanti. «Smettila di dire nuda.»

«Nuda.»

Fingo di strangolarlo. Lui ride, mi afferra i polsi e li bacia. Mi toglie il fiato. Come ho fatto ad attirare l'attenzione di quest'uomo stupendo? E non è solo il suo aspetto. Tutta la sua personalità è come un raggio di sole: allegra, brillante, splende generosamente su di me. È quasi troppo perfetto.

Mangia un boccone di pizza e sorride. C'è un pezzetto di spinacio appiccicato ai denti davanti. Non dico una parola. Finalmente non è più così perfetto e la cosa mi rilassa.

Mi parla di suo fratello, Eli, che si sposerà tra poco più di tre settimane, la vigilia di Capodanno in quella che dovrebbe essere una cerimonia intima a casa di sua sorella Sydney e di suo marito, Wyatt. Il numero di invitati sta sfuggendo di mano tra le loro famiglie, gli amici intimi e i cani che Jenna insiste ci devono essere. Jenna è convinta di essere la mamma del suo cane e significa che il suo pitbull, Mocha, ci deve essere, insieme alla pitbull di Eli, Lucy, e dato che Sydney e Wyatt ne hanno già due, stanno pensando di installare un'area per far giocare i cani (che ovviamente, indosseranno abiti formali) appena fuori dalle finestre della zona dove si terrà la cerimonia.

Caleb beve un sorso d'acqua e si passa la lingua sui denti. «Pensi che dovrei portare Huckleberry?»

Accidenti, è di nuovo perfetto, niente spinaci tra i denti.

Scuoto la testa. «Continuo a ripetertelo, gli altri cani si prenderanno gioco di lui per quel nome ridicolo. Non puoi fargli mostrare il muso, con quell'Huckleberry che lo segue.» Metto in bocca un boccone di pizza e mastico.

«E tu? Ti piacerebbe essere la mia dama?»

Quasi mi strozzo con la pizza. Finisco di masticare e ingoio. «Hai detto che è un matrimonio intimo, di famiglia. Non è il mio posto.»

«L'ho già chiesto a Jenna e mi ha confermato che è okay portarti.»

«Davvero gliel'hai chiesto?» gli chiedo, spalancando gli occhi.

«Sì, oggi.»

«Pensi che saremo insieme tra tre settimane?»

Lui afferra la mia pizza e la mette sul suo piatto. «Basta pizza per te finché non ammetterai che ti piaccio.»

Fisso la mia pizza, mezza schiacciata sopra la sua fetta. Più o meno come eravamo noi ieri sera, stretti assieme nel suo letto. Alzo la testa e lo trovo che mi sta fissando. È serio. «Com'è possibile che tu *non* piaccia a una donna? Sei praticamente un esemplare di maschio perfetto, tranne il fatto che a volte parli come un pazzo di colpi di fulmini e rubi la cena degli altri.»

Lui piega di lato la testa. «Scusa, che cosa stavi dicendo?»

Mi chino sul tavolo e sussurro: «Mi piaci. Adesso posso riavere la mia cena?».

Lui si china verso di me, con gli occhi che scintillano maliziosi. «Lo sapevo, volevo solo che lo ammettessi.»

Riprendo in fretta la mia pizza e do un morso feroce.

«Puoi indossare la tua gonna diritta al matrimonio» dice.

Mi sbatto una mano sulla fronte. Non riesco a credere che si sia ricordato che quello era il mio solo abbigliamento elegante.

«Oppure potrei portarti a fare shopping per scegliere un vestito, oppure...», alza un dito, «meglio ancora: se vuoi un abito firmato, ho accesso a un guardaroba dove puoi scegliere qualcosa da prendere in prestito.»

Non so come, pare che parteciperò con lui a un matrimonio di famiglia. Penseranno che facciamo sul serio ed è solo il nostro secondo appuntamento. Non riesco a credere che Caleb cerchi disperatamente una ragazza, quindi il suo parlare di impegno e matrimonio deve riguardare proprio me. Uhm, *ehi*! Secondo appuntamento. Non solo le aspettative sono eccessive, ma ci sarà un inevitabile tonfo. Come può essere così sicuro che siamo destinati a stare insieme?

«Caleb, penso che forse abbiamo bisogno di fare un passo indietro.»

«Sto andando troppo in fretta?»

«Beh, sì, mi sento un po' frastornata.»

La sua espressione cambia, facendosi chiusa. «Capisco.»

Merda. Penso di aver ferito i suoi sentimenti.

«Passiamo un po' di tempo insieme, in modo informale, come adesso, okay?» dico. «Così mi piace.»

Caleb si appoggia allo schienale. «Questo fine settimana non ci sarò. È il motivo per cui volevo vederti oggi. Venerdì ho un servizio fotografico in città per un calendario per beneficenza e passerò il fine settimana a sistemare un nuovo modello nel mio appartamento in città.» New York è quella che la gente di qui chiama "la città".

«Wow, non sapevo che avessi un appartamento in città. Gli affitti lì sono pazzeschi.»

«È di proprietà dell'agenzia e io lo occupo gratuitamente in cambio del mio aiuto per far ambientare i nuovi modelli e assicurarmi che restino fuori dai guai.»

Il mio cuore si addolcisce. «Quindi sei come un mentore per i modelli più giovani.»

Caleb alza una spalla, fingendo indifferenza. «Sì, immagino che sia così. L'agenzia conta su di me perché li tenga in riga.»

Mi piace, tantissimo. È una brava persona con la testa a posto. «Bello. Per che cos'è il calendario?»

«È un mio progetto, in effetti. Una raccolta fondi per il nuovo rifugio per animali qui a Summerdale. Uomini a torso nudo con i loro cani.» Mi rivolge un sorriso abbagliante, è un argomento che l'appassiona. «Il dottor Russo, il veterinario, accoglie randagi in un piccolo spazio nel suo studio di veterinario e li aiuta a trovare una casa. È così che ho ottenuto Huckleberry. I suoi proprietari si sono trasferiti e non volevano portarlo con loro. Comunque, il dottor Russo sta cercando di raccogliere abbastanza fondi per costruire un rifugio all'avanguardia nel terreno dietro lo studio.»

Sta usando le sue capacità di modello per una buona causa. È assolutamente meraviglioso. «Favoloso. Se è per una causa locale, perché non chiedere agli uomini di qui di posare con i loro cani? I tuoi fratelli potrebbero posare a torso nudo. La gente pagherebbe bei soldi per vederli.» *Specialmente Drew.*

Può anche essere terrificante, con i suoi modi da ex ranger, ma non si può negare che il suo fisico sia spettacoloso. Ma lo tengo per me.

Si alza un angolo della sua bocca. «Sarei geloso se non sapessi che sei talmente pazza di me che ti sei messa...», mima la parola *nuda*, «al nostro primo appuntamento. Comunque no. I miei fratelli... Diavolo, la maggior parte della gente di qui non capisce quello che faccio.»

«Che cosa intendi dire?»

Caleb espira bruscamente, e la sua espressione non è più tanto allegra. «Semplicemente non ne pensano molto bene. Come se fosse una cosa superficiale. Allora, che cosa vuol dire se io sono allegro e la macchina fotografica mi ama? Non significa che io sia superficiale. È solo l'impressione. Non lo capiscono.»

«Ti hanno veramente definito superficiale?» Da come parla dei suoi fratelli maggiori pensavo che lo avessero sempre sostenuto.

Caleb mi guarda con la fronte aggrottata. «Non con così tante parole. Più che altro non mi prendono sul serio. Il più giovane, il bambino, che vive con leggerezza con un mucchio di soldi grazie ai miei buoni geni.»

«Fare i modelli è un lavoro duro.»

Lui si raddrizza, esaminandomi. «È così. Tu come fai a saperlo?»

Distolgo lo sguardo. «L'ho sentito dire. O forse l'ho letto da qualche parte.»

«Ci possono essere lunghe giornate estenuanti, ma ovviamente ci sono dei lati positivi.»

La mia mente vola immediatamente alle modelle dalle gambe lunghe in bikini. Tengo la bocca chiusa.

«Potresti venire con me al servizio fotografico. Jenna è già coinvolta perché sta aiutando con la raccolta fondi per il rifugio. Sarà lì a darmi una mano a gestire i cani, mentre io mi occupo di gestire i modelli. Dodici modelli e i loro cani, uno per ogni mese.»

Sento una scarica di adrenalina. Avevo giurato di non

mettere più piede su un set fotografico. Soffro ancora di stress post-traumatico. Veramente. Non ho bisogno di un promemoria di com'era la mia vita prima che il mio bell'aspetto mi abbandonasse, insieme a mia madre. Non che adesso sia brutta. Sono più che altro una ragazza normale. Non sono l'ideale per l'industria della moda e mi viene la pelle d'oca solo pensandoci: le luci, la macchina fotografica, il fotografo che dà ordini.

«Mmm, non sono granché nel gestire i cani» dico. «Mi hai vista lottare con Huckleberry per il lettino.»

Caleb sorride, con gli occhi nocciola che scintillano. Non ha bisogno di dirlo. Sta pensandolo: io *nuda*, che lotto per un lettino.

Gli punto addosso un dito. «Non dirlo.»

Lui mi afferra il dito. «Sarebbe splendido averti lì con me. Poi potremmo restare in città.»

«Sarei solo d'impiccio.»

«Voglio vederti quando torno. Domenica sera.»

Come faccio a dire di no? Caleb mi sta facendo correre rischi pazzeschi con il mio cuore. Annuisco.

Lui mi appoggia la mano sulla guancia e mi bacia. Sento le bollicine che spumeggiano dentro di me. Nessuno mi ha mai adorata apertamente come lui. È quasi troppo bello per essere vero.

Nella mente mi risuona un campanello d'allarme. Quando una cosa sembra troppo bella per essere vera, di solito è perché non lo è. Non voglio pensarci adesso. In questo momento sembra tutto magico.

## 9

*Sloane*

Subito dopo la nostra cena, entro nella biblioteca di Summerdale e salgo al secondo piano, dove c'è una sala riunioni racchiusa nelle vetrate, oltre a uno spazio tranquillo per studiare e l'ufficio della bibliotecaria. Non so che cosa aspettarmi dalla riunione del comitato per il Festival d'Inverno. Normalmente il mio contributo alla comunità è discreto: dare lezioni gratuite di matematica, sistemare un'auto con un piano di pagamenti ridotto o gratuitamente, fare donazioni ai locali Vigili del Fuoco, ai soccorritori, alla biblioteca, a chiunque faccia funzionare questo posto su base volontaria o che dipenda dai finanziamenti. Non so nemmeno *come* fare per aiutare. Dubito che siano coinvolte la matematica o le auto.

Il Summerdale Festival d'Inverno di solito è a metà gennaio, una volta passata l'eccitazione delle feste e di fronte abbiamo un giorno dopo l'altro di grigio freddo invernale. C'è una parata intorno al lago, pattinaggio sul lago se lo spessore del ghiaccio è sufficiente, una varietà di spettacoli al teatro Standing-O nel grande fienile rosso, chioschi intorno alla riva del lago, installati dai ristoranti e negozi locali. Il mio ricordo preferito, da bambina, era tostare i marshmallow sulla spiaggia per fare gli s'more. Mi si gelava il culo, ma per gli s'more ne valeva la pena.

Sbircio nella sala riunioni. La mia insegnante di terza elementare, la signora Ellis, è seduta a chiacchierare con il proprietario del piccolo supermercato di Summerdale, Nicholas, che assomiglia a Babbo Natale e a cui avevo rubato le gomme da masticare da bambina. È impossibile non vedere il proprio passato quando si torna a casa. La signora Ellis si infuriava perché perdevo tanti giorni di scuola per andare ai provini e per i servizi fotografici. Mi diceva, con la voce severa che mi spaventava a morte, che dovevo informare mia madre che la mia educazione era più importante delle fotografie. Consegnavo sempre in tempo i compiti e restavo alla pari con le lezioni, ma lei mi guardava comunque storto. A quel tempo avevo deciso che era semplicemente una vecchia signora cattiva, ma, col senno di poi, so che probabilmente cercava di proteggermi.

Audrey mi arriva di fianco, con gli occhi azzurri brillanti come il suo sorriso. I lunghi capelli neri sono raccolti in uno nodo, con una matita che sporge. Dev'essere stata una giornata pesante in biblioteca. «Entra. Ti raggiungo tra un attimo.»

«Aspettate altra gente?» Vorrei un po' di altra gente come cuscinetto prima di affrontare la stanza. Chiamatemi folle, ma mi sento ancora un po' come la piccola taccheggiatrice che perdeva troppi giorni di scuola.

«Hai paura del Generale?» sussurra Audrey, con gli occhi che scintillano divertiti.

Deve riferirsi alla signora Ellis. Nicholas normalmente è allegro come Babbo Natale. «È così che la chiama la gente?»

Lei mantiene bassa la voce. «È così che la chiamiamo le mie amiche e io. La vedevamo spesso perché è la nonna di Harper e l'ha allevata lei. Ci spaventava. Anche adesso non posso fare a meno di mettermi diritta quando c'è lei. Si presenta come una severa educatrice, ma il suo cuore è al posto giusto.» Harper Ellis adesso è un'attrice famosa. In città la conoscono tutti.

«Non sono spaventata, piuttosto direi... Leggermente a disagio.»

«Mmm. Beh, tra un momento arriveranno Jenna e Levi.» Sorride, scuotendo la testa. «Mi sto ancora abituando a chiamare Levi il sindaco, anche se oramai sono quattro anni. Siamo cresciuti insieme, e, oh, ci sarà anche la signora Peabody della Summerdale Nursery School. E siamo tutti.»

«Sydney e Kayla?»

«Interverranno per aiutare dove serve durante il festival.»

Avevo pensato che sarebbe stato più come unirmi al gruppo divertente di donne della serata del giovedì. Non conosco bene Levi o la signora Peabody. Levi era classi avanti a me e non ho frequentato la Summerdale Nursery School. È la scuola materna più severa gestita dalla chiesa presbiteriana. I miei genitori mi avevano mandato a quella che viene definita la scuola materna "hippy" gestita dagli Episcopali, che ritenevano che il gioco fosse più importante dell'alfabeto e dei numeri. Penso che mi sarebbe piaciuto di più il posto con l'alfabeto e i numeri. Mamma era uno spirito libero. Non ho mai capito che cosa avesse visto in papà. Anche se so perché si erano sposati: per me. Una gravidanza non programmata, un matrimonio frettoloso, seguito da un divorzio quando mia madre non aveva più avuto la mia carriera di modella a trattenerla. Suppongo che avrebbe potuto andare diversamente, ma mio padre è di vecchio stampo. Le aveva chiesto di sposarlo appena lo aveva informato di essere incinta.

Okay, eccoci qua. Ho ventisei anni e non c'è motivo perché sia intimidita dalla mia insegnante di terza elementare o che mi senta in colpa per la mia breve carriera di taccheggiatrice.

Entro e mi fissano due paia di occhi. Di colpo, vorrei chiedere scusa per non essere stata una studentessa perfetta e anche per essere stata una delinquente. «Salve.»

«Sloane Murray, è bello vedere che sei coinvolta» dice la signora Ellis. «Vieni a sederti accanto a me e dimmi come stai.»

Wow, il Generale, uhm, la signora Ellis sembra così calorosa e cordiale. Forse andare in pensione le ha fatto bene.

Dev'essere stancante gestire ragazzini di terza elementare per decenni. La signora Ellis ha superato gli ottanta ma è ancora vivace. Indossa un foulard blu intorno al collo e un pesante maglione color lavanda. I capelli bianchissimi sono corti, con un taglio sbarazzino, gli occhi castani acuti come sempre.

La signora Ellis è a capotavola, quindi mi siedo di fianco a lei. Babbo... Uhm, Nicholas è davanti a me. È un uomo anziano con i capelli candidi, una folta barba bianca e una pancia rotonda. Aumenta la somiglianza con Babbo Natale portando occhiali bifocali e una camicia rossa con le bretelle. Immagino che voglia mantenere la sua immagine per i bambini del posto. La maggior parte di noi credeva che Babbo Natale vivesse a Summerdale e non al Polo Nord, anche se lui aveva sempre detto di essere solo un aiutante di Babbo Natale.

«Come sta tuo padre?» mi chiede Nicholas.

«Bene. È molto occupato in officina. Lo sto aiutando a tenere il passo e Max Bellamy lavora lì part-time, solo per l'inverno.»

«Che cosa ti ha spinto a lasciare l'insegnamento?» mi chiede la signora Ellis. «Ho sentito sempre parlare bene di te come insegnante di matematica, fin da quando eri alle superiori. Sembrava che fossi perfetta per quel ruolo.»

«Sono brava, ma non mi piace. Preferisco lavorare sulle auto.»

Lei stringe le labbra. «Ma tuo padre non è contento, dopo averti pagato il college.»

Chino la testa. È stato il mio lavoro di modella a pagarlo, ma non ne parlo dato che non le era mai piaciuto che perdessi giorni di scuola per quello. «Preferirebbe che usassi la mia laurea.»

Lei picchietta sul tavolo. «Io credo fermamente nel potere di una buona educazione, ma c'è una cosa che mi ha insegnato crescere Harper. Seguire la propria passione può regalare la vita più soddisfacente immaginabile. Lei sta facendo quello che era destinata a fare, recitare e perfino dirigere adesso, e risplende di felicità. Ovviamente potrebbe anche essere merito del suo meraviglioso marito, Garrett. È un *vero uomo*, ti dico, Garrett può riparare qualsiasi cosa. È un tale aiuto in casa. Hai mai visto la mia pronipotina, Caroline?»

Prima che possa rispondere, ancora stupita per il suo caldo entusiasmo, prende il telefonino dal tavolo, batte rapidamente sullo schermo e mi mostra una fotografia dopo l'altra della piccola Caroline. Sono un po' sorpresa della sua abilità con il telefono. Ho sempre pensato a lei come a una donna antiquata, avversa alla tecnologia. In terza elementare, eravamo l'unica classe a usare una lavagna invece dello schermo collegato a un laptop. E lei toccava a malapena il laptop.

Sorride allo schermo, senza mai distogliere gli occhi. «Ha sei mesi adesso e riesce a restare seduta, con solo un po' di sostegno. E sorride, oh, i suoi sorrisi!»

Comincio a capire perché la signora Ellis sia meno inquietante adesso. La sua pronipotina l'ha resa felice e l'ha ammorbidita. Caroline è una bella bambina con vaporosi capelli castano chiaro e occhi verde-azzurro. I suoi genitori la vestono con una serie di completini con stampe di margherite, ciliegie e pois, oppure colori primari, sempre coordinati con piccoli fiocchi nei capelli. La vedrei perfettamente in una pubblicità per i pannolini o alimenti per bambini, ma non augurerei quella vita a nessun bambino, per quanto possa essere piacevole avere i soldi per il college.

«Ti sei finalmente arresa alla mania dei cellulari» dice Nicholas.

La signora Ellis non batte ciglio e continua a mostrarmi le fotografie, devono essercene migliaia, mentre dice a Nicholas: «All'inizio ho resistito, ma poi mio genero mi ha regalato un cellulare il Giorno del Ringraziamento e mi ha dimostrato come sarebbe stato facile scambiarci fotografie e chattare con Caroline. Lo ha programmato per me. È importante che mi veda e mi senta regolarmente. La tecnologia ha un suo perché. Dammi il tuo numero».

Lui lo fa, dicendo il numero lentamente e chiaramente e lei gli invia una fotografia di Caroline.

Nicholas prende il telefono dalla tasca, sorpreso. «Questo cos'è?»

«Ti ho appena inviato una fotografia» gli dice il Generale. «Clicca su accetta e apparirà tra le tue foto.»

Lui clicca sul telefono e lo fissa, meravigliato. «Però... Come hai fatto? Ti invierò una foto della mia gatta, Noelle.»

Si immergono in un'entusiastica discussione sulla tecnologia, basata su tutto quello che le ha insegnato suo genero, tutti i trucchi, e posso finalmente smettere di ammirare una bambina che non ho mai incontrato. Mi piacciono i bambini ed è il motivo per cui ho sempre dato ripetizioni di matematica. Anche quando insegnavo a tempo pieno, il sabato davo ripetizioni ai bambini svantaggiati. Tanti ragazzi restano indietro in matematica ed è una materia che deve procedere passo a passo. Fondamenta scadenti significano anni di difficoltà. Le mie ripetizioni servono a rinforzare quelle fondamenta.

Si apre la porta e alziamo tutti gli occhi. Audrey sta tenendo aperta la porta per Jenna, che cammina con le stampelle. I suoi capelli biondi le finiscono in faccia mentre entra muovendosi in modo goffo.

«Jenna!» esclama la signora Ellis. «Che cos'è successo?»

«Caviglia slogata» risponde Jenna. «Sono scivolata sul ghiaccio questa mattina mentre andavo a prendere l'auto. La buona notizia è che si tratta della sinistra, quindi posso guidare. Dovrò usare le stampelle solo per due settimane, poi niente più stivaletto, in tempo per il mio matrimonio.» Si siede accanto a me e appoggia le stampelle contro il tavolo. «Devo parlare con te dopo la riunione» mi dice all'orecchio.

Spalanco gli occhi. *Con me? Che cosa può avere bisogno di dirmi Jenna?*

Entra Levi, con una camicia di flanella a quadri beige e pantaloni kaki. Un sindaco informale. Ha i capelli lunghetti pettinati all'indietro e una corta barba. È subentrato al signor Perkins che era stato il sindaco di Summerdale per un tempo immemorabile, morto a ottantasette anni.

Mi stringe la mano. «È bello avere un altro volontario. Tu lavori al garage, vero? Sei la figlia del signor Murray?»

«Sì, Sloane Murray.»

«Benvenuta, sono Levi Appleton.»

Stringe la mano alla signora Ellis, che vuole sapere se mangia a sufficienza nella sua casa di scapolo, e poi a Nicholas, che gli sorride. Levi tiene in sospeso la signora Ellis finché, quando insiste con la domanda, finalmente le risponde che mangia il take-out del ristorante cinese in città, cibo sano.

«Devi prenderti meglio cura di te, Levi» gli dice severamente la signora Ellis. «Un uomo della tua età dovrebbe pensare ad accasarsi.»

Immagino che creda che le due cose vadano di pari passo. Prendersi cura di sé attirerà una compagna. Penso a Caleb e al suo stile di vita sano e il mio cuore fa un piccolo balzo. Forse c'è qualcosa di vero.

«Mmm» dice Levi, prendendo un taccuino e una penna dalla borsa di pelle. Ho la sensazione che sia una conversazione che hanno tutte le settimane.

Audrey indica alla signora Peabody di entrare. La direttrice della scuola materna è una donna magra, con le labbra sottili e i capelli grigi raccolti in uno chignon. Dopo qualche saluto, si comincia. Il comitato mi mette al corrente di ciò che hanno già fatto, che sono le solite cose che ricordo dai Festival d'Inverno di quando ero bambina, ma ora stanno cercando nuove idee.

«Dovremmo fare qualcosa con i cani» dice Jenna. «Qualcosa che possa servire da raccolta fondi per il rifugio che vuole costruire il dottor Russo. Non ha ancora abbastanza fondi per cominciare i lavori.»

È in quel momento che ricordo che Jenna è coinvolta in un'altra raccolta fondi per il rifugio, il calendario fotografico progettato da Caleb. Il servizio fotografico sarà venerdì. È di quello che mi vuole parlare?

Segue un vivace dibattito su che cosa fare con i cani e se dovrebbe essere al chiuso o all'aperto. Le idee vanno dalle corse di cani con le slitte a un concorso di bellezza a una sfilata. Penso a Huckleberry e a come Caleb si vantasse di quanto era intelligente perché aveva scelto i giocattoli giusti al suo comando. Birichino, ma potrebbe essere divertente.

Alzo la mano per attirare l'attenzione. «Che ne dite di un concorso di abilità per cani? Ci potrebbe essere una quota d'iscrizione e poi i proprietari potrebbero dimostrare qualunque sia la cosa speciale che ritengono facciano i loro cani. Non dev'esser qualcosa di importante, solo divertente.»

«Sembra fantastico. Tutti pensano che il loro cane sia il più speciale, e io so che il mio lo è. Mocha riesce a tenere in equilibrio sulla testa un cagnolino di peluche e camminare in giro per la casa, anche sulle scale, senza farlo cadere.»

«Come l'hai scoperto?»

«Aveva la bocca piena di palline da tennis e voleva anche il peluche, ma non riusciva a farlo stare in bocca, quindi glie-l'ho messo sulla testa. Gli piace avere tanti giocattoli per sé invece di condividerli con Lucy, l'altro nostro pitbull.»

Il sindaco Levi prende la penna e scrive sul suo taccuino. «Mi piace. Aggiungiamolo al programma.»

«Pensavo di andare oltre la nostra solita vendita di torte» dice Jenna. «La mia cioccolata calda, i brownie e tutti i dolci al cioccolato vendono benissimo in inverno. Quindi potremmo avere un Festival del Cioccolato!»

«Oh mio Dio, adoro il cioccolato» dice Audrey. «Sì, sembra meraviglioso.»

La signora Peabody lancia l'idea di usare la dépendance della chiesa presbiteriana per i giochi al coperto per i bambini e tutti sono d'accordo. E poi Audrey lancia l'idea più assurda.

«Pensavo che sarebbe divertente avere un re e una regina della neve, con un'incoronazione e un ballo reale.»

La fissiamo tutti.

Lei continua. «Ho fatto delle ricerche sui Festival d'In-verno nelle altre comunità. Viene fatto per beneficenza. Il re e la regina ufficiali vengono scelti tra le persone nominate in base al loro contributo alla comunità. Diventerebbero amba-sciatori di Summerdale, partecipando alle parate locali, alle raccolte fondi e visitando le scuole nelle occasioni speciali.

Sarebbe aperto a tutte le età, purché siano maggiorenni. Che ne pensate? Venderemmo i biglietti per il ballo per coprire il costo dell'affitto del locale e per raccogliere fondi per il rifugio.»

«Mi piace!» esclama Jenna.

Audrey sorride felice. «Ho anche pensato ai titoli: Re Gelo e Regina Fiocco di Neve.»

Sono tutti entusiasti del concetto, tranne me. Resto zitta. Non tocca a me soffocare le idee. Sono sicura che la gente lo troverà divertente. A me sembra troppo simile a una sfilata di bellezza, con un re e una regina. Ho avuto la mia parte di sfilate di bambine. È così che avevo ottenuto un agente per diventare una modella.

La signora Ellis prende la parola (sembra veramente un generale, come la chiamano Audrey e le sue amiche) e abbaia ordini, assegnando le responsabilità per la logistica di tutte le nuove attività in agenda. Scambio un'occhiata divertita con Audrey. Poi il generale mi incarica di organizzare il ballo reale!

«Ma io non so niente di balli reali» protesto.

«Tu impari in fretta» dice la signora Ellis. «Inoltre, la tua esperienza di modella servirà sicuramente per aiutare i candidati per il re e la regina. Dovremmo anche avere una corte, composta dai migliori studenti delle superiori. Vedi, Sloane, è una cosa proprio adatta a te, visto che lavorerai con gli studenti delle superiori.» Questa donna ha la mente come una trappola d'acciaio. Con tutti i ragazzi cui ha insegnato negli anni, ricorda ancora che da bambina facevo la modella.

«Ma...»

«Sei qui per dare il tuo contributo, no?» chiede la signora Ellis, fissandomi con i suoi occhi acuti.

Mi siedo più diritta. «Sì, signora.»

«Bene. A ognuno in questa stanza è stato assegnato un compito adatto alle sue naturali capacità.»

Dato che non ci sono compiti che riguardano riparare le auto o insegnare matematica, non ho molto da dire. Non so niente nemmeno dei vari altri compiti.

La sua voce si addolcisce. «Potresti decidere che hai bisogno di un altro volontario che ti aiuti. È un lavoro impegnativo.»

E con quello la riunione viene velocemente aggiornata. Nicholas esce con la signora Ellis, porgendole il gomito che lei rifiuta, nonostante zoppichi per via di un'anca malandata.

Jenna mi afferra il braccio. «Fermati.»

Resto, osservando Nicholas e la signora Ellis che se ne vanno discutendo animatamente. Lui sta sorridendo; lei sembra seria.

Quando sono usciti tutti, Jenna dice: «Te la sentiresti di prendere il mio posto al servizio fotografico di venerdì per il calendario con i cani di Caleb? Mi ha già detto che ti ha chiesto di andare con lui e che non ti sentivi in grado di gestire i cani, ma sono disperata. Il servizio sarà un caos, senza qualcuno che lo aiuti. Potrebbe funzionare se li tieni al guinzaglio. E prima che mi chieda perché lo sto chiedendo proprio a te, i motivi sono due: primo, piaci a Caleb. Ha detto a Eli, il mio fidanzato, che sei la donna più meravigliosa che abbia mai incontrato e ho pensato che fosse una cosa così dolce».

Risucchio il fiato. *Io? Meravigliosa?*

Jenna continua. «Caleb dice sempre esattamente quello che pensa. Sarebbe un bene per te vederlo nel suo elemento.»

Sento lo stomaco che si contrae. Non voglio fare una cosa che mi riporti alla mente tanto dolore. Le luci abbaglianti, le macchine fotografiche con le lenti che vedono tutto, i fotografi che urlano ordini. La mamma che suggerisce: «Testa alta, sorridi!».

*Il brutto anatroccolo al contrario.*

«Per favore, pensaci» dice Jenna quando resto in silenzio. «Il secondo motivo per cui te lo chiedo è che l'ho già chiesto a Sydney, Audrey e Kayla, ma non possono lasciare il lavoro il venerdì. Non che tu sia la mia ultima scelta, solo non ti conosco abbastanza per chiederti un favore, ma sono qui a pregarti. Probabilmente finirà tardi. Spero che tu possa prenderti del tempo libero, visto che lavori per tuo padre e adesso c'è anche Max. È per una buona causa. E ti dovrò un favore. Cioccolata calda gratis per tutto l'inverno o qualunque altra cosa tu voglia dalla mia pasticceria.»

Deglutisco, cercando di accantonare i brutti ricordi. «Ci penserò.»

Lei lascia uscire il fiato. «Okay, ma mancano solo due giorni. Se non ce la puoi fare, Caleb dovrà occuparsi dei cani e delle riprese fotografiche tutto da solo, ed è decisamente difficile. Ti ho parlato del fattore maschioni? Dodici modelli. Anche se sono sicura che Caleb sia il migliore.» Mi dà una gomitata.

«Ho detto a Caleb che avrebbe potuto usare uomini del posto invece dei modelli, ma lui non ritiene che i suoi fratelli abbiano una grande opinione del suo lavoro. Dice che la maggior parte della gente lo vede solo come una bella faccia.»

«Non è vero. Eli non ha mai detto niente di negativo sul fatto che Caleb faccia il modello.»

«Ha mai detto qualcosa di positivo?»

Jenna sembra pensierosa. «Mmm... Non che io sappia. Lo prende in giro perché beve i frullati di cavolo riccio.»

«È possibile che sia semplicemente sensibile al riguardo.» O forse si sente inferiore perché in segreto teme di non essere accettato per quello che è e ciò che gli piace fare. Sembra qualcuno che conosco. Mi fa riflettere. Forse Caleb è il pesce fuor d'acqua nella sua famiglia. I suoi fratelli hanno carriere pratiche: Drew è il proprietario di una palestra di karate, Adam un falegname ed Eli un poliziotto. Sua sorella gestisce il ristorante di famiglia.

«Ooh, lo so» dice Jenna. «Che ne dici di venire con me a visitare lo studio del dottor Russo domani durante la pausa pranzo? Sono sicura che, se vedrai com'è organizzato e gli animali che stanno aspettando di essere adottati, capiresti veramente quant'è importante.»

«Non è necessario.»

Lei prende il telefono e va su un sito web che mostra gli animali che aspettano un'adozione. C'è una coppia madre-figlia di gatti tricolori, un Boston Terrier anzianotto con le orecchie a punta e un segugio fulvo. I gatti sono rannicchiati insieme nella gabbia. Il Boston Terrier ha un farfallino e fissa la macchina fotografica con un'espressione piuttosto altera. Il segugio fulvo ha la bocca aperta in quello che sembra un sorriso felice mentre guarda fuori dal campo della macchina fotografica. Sento una stretta al cuore. Hanno solo bisogno di un po' d'amore.

«Di colpo li vorrei tutti a casa con me» dico.

Jenna mi mette un braccio sulle spalle, abbracciandomi. «Sapevo che dovevi avere un cuore d'oro. Altrimenti Caleb non sarebbe così entusiasta di te. Grazie! Vuoi dare tu la buona notizia a Caleb o preferisci che lo faccia io? Lo farai tu, vero?»

«Se a mio padre sta bene che prenda il venerdì libero.» Ignoro lo stomaco che ribolle. Questa cosa va oltre il mio trauma personale. È a favore degli animali che hanno bisogno di aiuto.

«Come sta Max?» mi chiede.

Sono sorpresa che me lo chieda. «Bene.»

Jenna mi parla in tono complice. «C'era un'enorme tensione tra lui e Audrey giovedì scorso al bar. Pensi che ci sia ancora qualcosa tra di loro?»

«Non ne ho idea. È stato molto abbottonato.»

Jenna si guarda intorno, probabilmente cercando Audrey. «Perché non lo inviti domani sera per la Serata delle Donne?»

«Stai cercando di fare il Cupido?»

Lei abbassa la voce. «Forse. Ricordo com'era andata alle superiori e Max non era proprio un raggio di sole dopo aver rotto con lei. Aveva chiuso la loro storia quando lei nella primavera durante il nostro ultimo anno aveva deciso di andare alla Columbia, una scuola di primordine. Comunque, lei era arrabbiata perché la Columbia era a New York, abbastanza vicino perché lui potesse andare a trovarla e Max invece aveva rotto con lei.»

«Ah.»

Lei continua: «Già. Alla fine Audrey è rimasta alla Columbia solo per un semestre prima che suo padre perdesse il lavoro. I suoi genitori non potevano più permettersi la retta, quindi aveva dovuto tornare a casa, iscriversi all'università statale e fare la pendolare. A quel punto Max stava con un'altra, quindi lei lo aveva scartato. Penso che sia solo perché sta cercando quello giusto che si sia irritata tanto vedendolo cercare di rimorchiare proprio davanti a lei. Probabilmente anche il fatto che aveva bevuto due margarita. Non aveva filtri e ha detto quello che pensava».

Sbatto la palpebre, sorpresa che mi abbia rivelato tanto. «Dev'essere stata una cosa seria se si stanno ancora urlando addosso più di dieci anni dopo.»

«Esattamente» dice. «Per essere completamente sincera, lei ha da sempre una cotta per Drew ed è una cosa completamente... Ehi, *tu*!»

Audrey ha appena aperto la porta. «Ehi, voi due, siete pronte ad andare? Sto chiudendo.»

«Certo.» Jenna manovra per alzarsi, saltellando un po'. Le passo le stampelle.

Loro due escono insieme e io le seguo. Non so se dovrei invitare Max alla Serata delle Donne. E se facesse di nuovo infuriare Audrey?

Le saluto e vado alla mia auto. Meglio non immischiarmi di quel casino. Max dovrà cavarsela da solo quando si tratta di Audrey. Lui non mi parla delle sue donne. Giochiamo o guardiamo film horror. Non sta con una donna abbastanza a lungo da interrompere a lungo il tempo la nostra routine.

Metto in moto e accendo il riscaldamento. Nelle sere d'inverno, l'auto ci mette un secolo a scaldarsi. Parto, stringendo il volante. Okay, quando si tratta di modelli ho delle questioni emotive irrisolte. Penserò solo al Boston Terrier con il cravattino che ha bisogno di una casa o la coppia di gatti madre-figlia e tutto andrà bene. Ho due giorni per prepararmi psicologicamente.

Sudo nonostante il freddo in auto. *Per gli animali, per gli animali...*

## 10

*Sloane*

La sera dopo sono di nuovo alla Serata delle Donne o, come la chiamano Sydney e le sue amiche, la Serata del Vino del giovedì. Non posso fare a meno di notare che nessuna di loro sta bevendo vino. Un ex Club del Libro in cui nessuno leggeva un libro, diventato un Club del Vino dove non si beve vino. Che ironia.

Sono ancora un po' sorpresa dalla facilità con cui mi ha incluso questo gruppo di donne. Sydney, Jenna e Audrey sono amiche da sempre. Kayla è la nuova arrivata di quest'anno e ora ci sono io. Sono in fondo alla fila accanto a Kayla. Dopo la mia seconda birra sto veramente ridendo con loro e sentendomi a mio agio. Sydney ha appena raccontato una storia buffa su suo marito, Wyatt, e come si occupa del loro cane, Palla di Neve, uno shi tzu bianco. Racconta degli sforzi che fa Wyatt, tre volte al giorno, per far indossare a Palla di Neve dei piccoli stivali pelosi per le loro passeggiate. Ha mostrato la fotografia degli stivaletti addosso a Palla di Neve che non sembra contenta. Gli stivaletti sono cosine grigie foderata di pelliccia di agnello. A quanto pare, a Palla di Neve interessa più masticarli che portarli per camminare.

Kayla si china sulla mia spalla. «Alloooora, come vanno le cose con Caleb?»

Le altre donne stanno ancora parlando di stivaletti per cani perché Jenna pensa che siano un'idea magnifica per i loro cani. Guardo i dolci occhi castani di Kayla e finisco per confidarmi con lei. «Mi sento un po' sopraffatta. Ha parlato di matrimonio al nostro primo appuntamento. Si sta muovendo molto in fretta, parla di avere avuto un colpo di fulmine quando ci siamo conosciuti. Cioè, voglio dire, vi sembra normale?»

«Oh, non so abbastanza della sua storia, in fatto di appuntamenti, per saperlo.» Prende il telefono dalla borsa. «Lascia che controlli con Adam, per vedere che cosa sta succedendo.» In testa mi suona un campanello d'allarme. Adam è il fratello maggiore di Caleb e il fidanzato di Kayla. Sono sicura che Caleb finirà per venire a saperlo.

«No, aspetta. Deve restare tra di noi, okay?»

Lei rimette via il telefono. «Capito. Codice delle ragazze.»

«Che cos'è?»

«Sai, quando parli di uomini con le amiche. Il codice delle ragazze dice che le nostre labbra sono sigillate. Io ho raccontato un po' troppo su Adam quando non eravamo ancora sicuri di come andavano le cose. A volte si ha solo bisogno dell'opinione delle amiche su quello che sta succedendo.»

«Fico!»

Sydney si sporge per guardarmi dall'altra parte di Kayla. «Detesto interrompervi dato che state parlando di codice, ma ho sentito parlare di colpo di fulmine. Penso di potervi aiutare.» Sydney è la sorella maggiore di Caleb. Immagino che non dovrei frequentare l'Horseman Inn se voglio evitare la gente legata a lui in qualche modo. Questo *è* il ristorante della famiglia Robinson. Il fratello maggiore, Drew, è nell'angolo in fondo a guardare la TV. Sono abbastanza sicura che da lì non mi possa sentire. Comunque...

«Codice delle ragazze» sussurro.

Sydney mi dà un pugno sulla spalla. «Assolutamente. Te lo sto dicendo per farti un piacere. Quindi, papà raccontava sempre che la prima volta in cui aveva visto nostra madre si era sentito come se fosse stato colpito da un fulmine. Bam! Aveva capito immediatamente che era quella che avrebbe sposato. Le aveva chiesto di sposarlo al primo appuntamento. Ovviamente lei aveva pensato che fosse pazzo, ma dopo un mese di appuntamenti e altre due proposte di matrimonio aveva finalmente accettato. Si sono sposati, hanno avuto noi cinque e sono vissuti felicemente insieme. Quindi Caleb ti ha detto che ha avuto un colpo di fulmine per te?»

Guardo la superficie del bancone. «Oh, wow» mormoro. Ho visto quelle fotografie della famiglia felice a casa di Caleb. So che cosa significa la famiglia per lui, quindi vuole dire che crede veramente di avere avuto un colpo di fulmine, come suo padre? Nessun altro si è innamorato all'istante di me, specialmente un uomo che potrebbe avere qualunque donna.

«Sloane?» mi sollecita Sydney.

Mi volto a guardarla. «È quello che ha detto. Un colpo di fulmine.» Evito la parte in cui mi ha detto che non possiamo fare sesso finché non avrò accettato di sposarlo. Sua sorella non ha bisogno di sapere della nostra vita sessuale e della sua assenza. Anche se c'era quella volta in cui ero nuda...

«È sopraffatta» aggiunge Kayla.

Sydney sorride. «Sono sicura che nostra madre si sia sentita allo stesso modo. Guarda poi com'è andata.»

«Un mese» ripeto.

Sydney annuisce. «Se è veramente stato il colpo di fulmine, è tutto quello che serve per concludere l'affare. Ovviamente dipende da come ti senti tu riguardo al matrimonio.»

«E a lui» aggiunge Kayla.

«Che cosa provi per lui?» chiede Sydney.

Noto che Jenna e Audrey si sono chinate verso di noi e stanno ascoltando rapite.

Non sono abituata a condividere cose intime con un gruppo di donne. Gli uomini non parlano mai di cose simili. «Mi piace, ma...»

«È un inizio» dice Sydney, sembrando compiaciuta. «Pensi che potrebbe piacerti una relazione seria?»

«Come il matrimonio?» La mia voce si spezza. Non ho niente contro il matrimonio con la persona giusta. È solo un po' esagerato parlarne così presto.

I suoi occhi marrone chiaro sono pieni di simpatia. «Non sentirti obbligata ad affrettare le cose. Probabilmente Caleb è troppo entusiasta perché crede che a lui sia successo come a nostro padre. Ma Caleb non ha mai mostrato interesse per il matrimonio prima d'ora» dice alzando un dito. «Le donne gli danno la caccia e lui può prenderle e lasciarle senza pensarci. Niente dura a lungo e la cosa non lo ha mai preoccupato.»

«Ha dato la caccia a me!» esclamo.

Lei sorride. «Potrebbe far parte del tuo fascino.»

«È quello che mi preoccupa. A lui piace la caccia e una volta che mi avrà catturata...» Smetto di parlare ricordando di averne parlato e che lui aveva reagito dicendo niente sesso fino al matrimonio. Ha detto che non stava scherzando.

«Hai paura che una volta che ti avrà catturata ti scaricherà?» chiede Kayla.

È perspicace. Mi rilasso. Rende più facile condividere le cose con chi capisce quello che mi preoccupa. «Sì. Come se, una volta che avrò abbassato le mie difese, lui potesse strapparmi il cuore dal petto e andarsene, perdendo interesse.»

«Oh no, Caleb non è così» dice Kayla. «È il più dolce dei Robinson. Penso che sia perché è il più giovane. Senza offesa, Sydney.»

«Essere dolce non è mai stata la mia aspirazione» dichiara Sydney, buttando giù il suo whiskey. «Io sono una dura. Comunque sei tu quella più dolce della famiglia, Kayla.»

Reprimo una risata. Sydney sta anche dicendo che suo marito, Wyatt, non è dolce. Kayla non è solo la fidanzata del fratello di Syd, Adam, è anche la sorella di Wyatt. L'ho incontrato una sola volta mentre stava lavorando dietro il bancone con Betsy e parlava dei drink che stava servendo, cosa che fa gratuitamente perché è un appassionato di whisky e birre e ha aiutato Sydney a scegliere quelli da servire. Sembrava un tipo sicuro di sé e allegro.

Kayla mi sorride. «È vero, sono io la più dolce. Sono anche la più giovane, come Caleb. Nella mia famiglia, Wyatt è quello esuberante, Paige è dura come una roccia e Brooke è cinica, più che altro per nascondere il cuore di panna. Immagino che Caleb e io siamo dolci perché siamo i più giovani e siamo stati coccolati dai nostri fratelli maggiori. So che sono stata fortunata. Ho sempre avuto Wyatt che mi proteggeva e ho sempre saputo che Paige e Brooke erano dalla mia parte.»

Sydney sospira. «Ammetto di aver sempre coccolato Caleb. Aveva solo otto anni quand'è morta la mamma. L'ho inondato di affetto e ho permesso che se la cavasse con un mucchio di marachelle. Papà era occupato a lavorare e non si accorgeva di tutto quello che succedeva in casa.»

«Non c'è niente di sbagliato nell'inondare qualcuno di affetto» dichiara Kayla. «In effetti, scommetto che è per quello che è così allegro. Adam dice che non c'è niente che può abbattere Caleb. È sempre solare, perfino di prima mattina.»

«Non posso prendermi io tutto il merito» dice Sydney. «Era allegro anche da bambino. È probabilmente il motivo per cui è così popolare. Caleb piace alla gente. La macchina fotografica lo adora...»

Si voltano tutte verso di me, come se dovessi completare la frase.

Alzo le mani. «Abbiamo avuto solo due appuntamenti.»

«La terza volta è quella buona» dice Sydney con un sorriso.

～

*Caleb*

Entro nello spazio aperto del loft di Manhattan con Sloane, quasi sperando di impressionarla. Appena chiudo la porta alle nostre spalle, tolgo il guinzaglio a Huckleberry e lo lascio andare in giro ad annusare. Da un altoparlante portatile esce musica rock a tutto volume. Il loft, con le pareti di mattoni a vista e lucidi pavimenti di legno, è vuoto, tranne l'attrezzatura del fotografo: un grande sfondo bianco, fari, macchina fotografica su un tripode e qualche sedia metallica pieghevole. Sono lieto di vedere che Dmitrij è arrivato presto. Sta sistemando le tende sulle vetrate in fondo allo spazio. I modelli non sono ancora arrivati, ma manca un quarto d'ora all'orario, quindi non sono troppo preoccupato.

Appoggio la borsa di plastica con le ciotole per l'acqua dei cani, tovaglioli di carta, salviettine umidificate e sacchetti per raccogliere eventuali incidenti. Poi prendo Sloane per mano, avvicinandomi a Dmitrij. È sui quarant'anni, vestito in modo casual con una camicia bianca fuori dai pantaloni, jeans sbiaditi e mocassini. I capelli scuri sono perfino più corti dei miei. «Hai trovato un bello spazio» gli dico, superando il rumore della musica.

Lui si volta, inarcando le sopracciglia. «Purché il sole collabori.» Prende il telefono, abbassa il volume della musica e viene a salutarci, fermandosi davanti a Sloane e formando una cornice con le mani intorno alla sua faccia. «Guarda questi occhi. Come quelli di un gatto, ambra dorata. Magnifici. Posso farti una fotografia?»

Sloane fa un passo indietro. «Io sono qui solo per occuparmi dei cani.»

Lui sorride. «Scusa. Andiamo con ordine, sono Dmitrij Gulko.» Le tende la mano.

Sloane gliela stringe. «Sloane.»

Dmitrij mi dà un'occhiata. «Così sorprendente, con i capelli scuri e gli occhi dorati.»

«Vero?»

Le guance rosate di Sloane diventano rosse e borbotta qualcosa sugli occhi marrone chiaro.

«Che ne dite di una fotografia di voi due insieme?» mi chiede Dmitrij, guardandomi con le sopracciglia inarcate. Ha un mucchio di mie fotografie, vuole veramente Sloane.

«Okay» dice Sloane, lasciandomi andare la mano e andando verso le finestre in fondo.

Dmitrij parla sottovoce. «Non ha idea della sua bellezza. Che aspetto unico e in qualche modo il maglione largo e i jeans strappati funzionano con la sua figura minuta. Chic senza sforzo.»

Il fatto è che il maglione largo le scivola da una spalla, mettendo in mostra la clavicola delicata e la spalla e i jeans sono aderenti. È così sexy. «È quello che penso anch'io. E la cosa più interessante è che è un meccanico.»

Dmitrij la fissa. «Devo farle una fotografia mentre sta lavorando. Sai quanti appassionati di auto comprerebbero *qualsiasi cosa* con lei nella pubblicità?» Dmitrij lavora moltissimo per la pubblicità.

«È timida.» So che ha detto che non era vero, ma non le credo. Non fa facilmente amicizia, non è molto loquace e arrossisce facilmente. «Meglio lasciar perdere le fotografie. La mettono a disagio.»

«Peccato» dice Dmitrij.

Si apre la porta e un ragazzo alto con i capelli scuri, occhi azzurri penetranti e grossi muscoli entra con un barboncino nano bianco infilato nella piega del gomito. «Bonnie e io siamo pronti per il primo piano. Possiamo essere febbraio? Lei sta benissimo su uno sfondo rosa e rosso. Sapete, per il giorno di San Valentino.»

Huckleberry corre da noi, abbaiando. Gli ordino di sedersi e vado da lui, tenendolo per il collare per dare modo a Bonnie di sentirsi a suo agio.

«Febbraio è tutto tuo» gli dico accarezzando Bonnie. «Apprezzo che sia qui.»

«Qualunque cosa per te. Abbiamo fatto parecchia strada insieme con quelle pubblicità per gli integratori.»

Appoggia Bonnie a terra e Huckleberry balza in piedi. Sloane corre da Bonnie, probabilmente per proteggerla, ma la barboncina si spaventa, si volta e scappa. Ovviamente, Huckleberry crede sia un gioco e rincorre Bonnie contemporaneamente a Sloane.

«Sloane, afferra il collare di Huckleberry» le dico.

Lei cambia direzione mentre Gerard si volta e sbattono

uno contro l'altro. Lui le mette le braccia intorno, impedendole di cadere.

«Salve» le dice Gerard con calore, abbassando lo sguardo.

«Scusa» risponde Sloane, staccandosi dalle sue braccia e lisciandosi i capelli.

Metto il guinzaglio a Huckleberry e Gerard riprende in braccio Bonnie. «Sta con qualcuno?» mi sussurra all'orecchio.

«Con me» dico. «Non pensarci nemmeno.»

Sloane si avvicina e prende il guinzaglio di Huckleberry. «Scusa, lo terrò al guinzaglio con me. Facciamo le presentazioni. Huckleberry, seduto.» Sloane aspetta che Huckleberry si sieda e poi dice: «Questa è Bonnie. Noi non la rincorriamo, ma tu puoi annusarla».

Gerard si china, permettendo a Huckleberry di annusare Bonnie, che resta perfettamente immobile, con il piccolo naso che trema. Huckleberry finisce la sua indagine con una leccata sul naso della barboncina.

«Okay, adesso sono amici» dice Sloane.

La presento a Gerard, che le rivolge un sorriso ardente. «Lieto di conoscerti, Sloane.»

«Sono lieta anch'io» risponde Sloane, senza nemmeno un accenno di rossore. Significa che il sorriso di Gerard non ha funzionato. Ah. «Hai un guinzaglio per lei? Li terrò entrambi al mio fianco. Caleb, dove sono i giocattoli?»

«Merda. Li ho lasciati nel baule dell'auto. Vado a prenderli.»

Corro alla porta, lasciando Sloane con due uomini che la vedono come me: una donna naturalmente bella senza sforzo. Il fatto che non lo sappia aggiunge fascino. Non ho mai conosciuto una donna come lei.

Ci metto un quarto d'ora per arrivare dove ho parcheggiato in un garage vicino, prendere la scatola dei giocattoli e tornare indietro.

Entro, aspettandomi una stanza affollata, con undici modelli e i loro cani, ma ci sono solo altri due amici modelli, Rusty e Shane. Con me siamo in quattro per fare un calendario. Non funzionerà. Ci dovrebbero essere una faccia e un cane diversi per ogni mese.

Li saluto e vado da Dmitrij. «Cominciamo. Spero che gli altri si facciano vivi.»

Ma non è così. Li chiamo e mando messaggi, ma ottengo solo segreterie telefoniche e la patetica scusa che hanno avuto un ingaggio pagato proprio per oggi. È per beneficenza e avevano accettato di donare il loro tempo. Sono incazzato e mi sembra di aver sprecato l'affitto dello studio e il tempo di Dmitrij, che lo sta facendo per farmi un favore. Maledizione.

Sarò l'ultimo a farmi fotografare, in modo che i modelli possano andarsene una volta fatta la loro parte. Sloane ha avuto vita facile con i cani. Huckleberry era l'unico cane di grossa taglia. Gli altri, uno Yorkshire, un barboncino nano e un levriero, hanno passato la maggior parte del tempo a sonnecchiare in un angolo caldo sul lettino del levriero. Huckleberry è rimasto appiccicato a Sloane.

Adesso è il mio turno. Siamo rimasti solo io, Sloane e Dmitrij.

«Tieni Huckleberry per un minuto» le dico.

Lei alza il guinzaglio per farmi vedere che lo sta già tenendo. È seduta sul pavimento con le gambe incrociate; Huckleberry è sdraiato accanto a lei con la testa sulle zampe, gli occhi fissi su di me. Mi tolgo la maglia e la metto sullo schienale della sedia metallica.

Sloane mi guarda con interesse. Non come se fosse eccitata, più come se fosse curiosa riguardo al mio lavoro di modello.

Dmitrij mi spruzza con l'olio.

«Okay, libera il cane» le dico.

Lei sorride e sgancia il guinzaglio. «Vai da Caleb» Deve dargli una spintarella prima che si alzi e stiracchi prima le zampe posteriori e poi quelle anteriori.

«Vieni, Huckleberry» dico battendo la mano sulla coscia.

Lui si avvicina e io mi accuccio, lodandolo e accarezzandolo. Sento i clic della macchina fotografica. Non è facile posare con lui. I cani piccoli si possono prendere in braccio, non Huckleberry.

Sloane si avvicina. «Prova a sdraiarti, fianco a fianco con lui.»

«Sì» dice Dmitrij. «Buona idea.»

Do a Huckleberry il comando di sdraiarsi. Appena lo fa mi metto sulla pancia accanto a lui. I clic continuano mentre ci guardiamo da vicino e poi Dmitrij schiocca le dita ed entrambi guardiamo l'obiettivo.

«Gli farò fare i suoi trucchetti» dico. Poi gli do gli ordini mentre io poso intorno a lui. Huckleberry si siede e ci stringiamo la mano. Rotola sulla schiena e gli do una grattata di pancia mentre lui si dimena sulla schiena facendomi ridere.

«Un mucchio di fotografie divertenti» dice Dmitrij. «Okay, adesso entrambi in piedi e proviamo un'immagine sexy. Fingi che la macchina fotografica sia la tua bella Sloane.»

Sloane mi guarda con attenzione mentre faccio il mio lavoro come se fossi innamorato dell'obiettivo.

Una volta soddisfatto, Dmitrij si rivolge a Sloane. «Sicura che non vuoi una fotografia di voi due?»

Lei scuote la testa. «No, grazie. Hai lavorato abbastanza per oggi.»

«Non sarebbe lavoro. Per me sarebbe un piacere.»

Lei guarda i suoi abiti. «Non sono vestita per una fotografia.»

Dmitrij indica me. «Lui è a torso nudo. Penso che il tuo maglione sia perfetto. Se solo lo infili lì» dice indicando il davanti dei jeans.

Lei lo infila davanti. Immagino che abbia accettato.

«Spostati, Huckleberry» dico, dandogli una spinta verso destra. È spaparanzato al centro dello sfondo, completamente rilassato.

Piego il dito invitando Sloane.

Lei si avvicina e si rivolge a Dmitrij. «È solo una foto ricordo per noi. Non la voglio sul calendario oppure online, okay?»

«Assolutamente» risponde Dmitrij. «Mettetevi uno davanti all'altro.»

Le metto un braccio intorno alla vita e la tiro vicina, sentendo la scossa familiare quando i suoi occhi color ambra fissano i miei. Le sue guance diventano rosa quando mi guarda aprendo leggermente le labbra. Dmitrij scatta.

«Il contrasto tra i vostri colori e le vostre taglie forma un quadro spettacoloso» dice Dmitrij. «Caleb, mettile le braccia intorno da dietro.»

La volto e le metto le mani sui fianchi, poi gliele avvolgo intorno alla vita, chinandomi a sorriderle.

«Sta facendo un mucchio di fotografie» sussurra Sloane.

«È quello che fa sempre. Poi ci farà scegliere quella che preferiamo.»

Ci voltiamo entrambi verso Dmitrij.

«Sloane, sei un talento naturale!» esclama Dmitrij. «Hai fatto la modella?»

Silenzio.

Mi chino per guardarla. Ha le labbra strette. «Sloane?»

Lei si stacca. «Sono un mucchio di fotografie.»

Dmitrij abbassa la macchina fotografica. «Vuoi vederle?» Le offre di dare un'occhiata allo schermo della macchina digitale.

«Dopo, grazie.» Va a prendere il guinzaglio di Huckleberry.

Dmitrij e io ci scambiato un'occhiata perplessa. Le stava solo facendo un complimento, ma è sembrato che si sia rinchiusa in se stessa.

Dmitrij ritira la sua roba mentre Sloane e io riordiniamo l'ambiente, raccogliamo i giocattoli e asciughiamo l'acqua rovesciata dai cani.

«Buon fine settimana!» dice Dmitrij. «È stato bello conoscerti, Sloane.»

«Grazie» risponde Sloane.

«Dmitrij, grazie per tutto» dico. «Sono in debito con te.»

Lui mi sorride. «Sono sempre contento di aiutare una buona causa.»

Una volta andato, Sloane dice: «È veramente patetico che gli altri modelli non si siano fatti vivi oggi. Mi dispiace».

Sbuffo. «Già.»

«Che cosa hai intenzione di fare?»

«Non lo so. Immagino che lavorerò con quello che ho, anche se non è altrettanto accattivante riusare gli stessi modelli per più mesi. Comunque Dmitrij ha abbastanza fotografie in pose diverse che potrei farlo.»

Sloane scuote la testa. «Chiedi agli uomini di Summerdale di apparire per gli altri mesi. I tuoi fratelli e altri giovani. Potrei chiedere a Max e, oh, il veterinario, il dottor Russo. L'ho visto sul sito web e non è male da guardare. Anche il nostro sindaco potrebbe apparire. A un mucchio di donne piace il look barbuto di Levi.» Conta sulla dite. «E sono sei. Ce ne servono solo altri due. Potrei chiedere a Max se qualcuno del suo staff di giardinieri sarebbe disposto a partecipare.»

Non mi piace, specialmente perché è molto legata a Max e detesto essere così territoriale con lei. Normalmente non mi preoccupo troppo per le donne. «Non funzionerebbe. Andiamo.» Afferro il guinzaglio di Huckleberry ed esco dalla porta.

La chiudo alle nostre spalle e poi ammetto la verità. «Perché non sono modelli e pensano che sia una sciocchezza.» *Loro pensano che io sia sciocco.*

«Non è una cosa stupida. È per una buona causa. Sono sicura che il dottor Russo sarebbe favorevole, visto che è il suo rifugio. E so che posso convincere Max. Tutto ciò che devo fare è promettergli di pagare la pizza il prossimo mese.»

Vado verso l'ascensore e premo il tasto. Tengo la bocca chiusa in modo da non sembrare il solito ragazzo geloso. Non sono nemmeno sicuro di essere il suo ragazzo. Ha accettato di venire qua oggi solo perché gliel'ha chiesto Jenna. Aveva rifiutato quando gliel'avevo chiesto io.

Entriamo in ascensore mentre cerco di calmarmi. Sono frustrato e non so a che punto sono con lei. È un'esperienza completamente nuova per me.

Sloane sembra pensierosa. «In effetti, dovrò pagare la

pizza per due mesi. Gli ho già promesso un mese di pizza gratis per farmi aiutare a organizzare il ballo reale per il Festival d'Inverno.»

Ecco. Max è decisamente infatuato di lei. Chi vorrebbe organizzare un ballo, tra gli uomini, intendo. «Quale ballo reale?»

Mi spiega di Audrey che aveva fatto ricerche sui festival invernali organizzati da altre comunità e che riteneva fosse una buona idea adottare quella di eleggere il re e la regina per il nostro. Mmm, forse Max ha accettato per lavorare con Audrey. Non posso presumere che sia per quello. Magari è per lavorare con Sloane.

«Se è un'idea di Audrey, perché non lo sta organizzando lei?»

«Deve già occuparsi dei programmi, della vendita dei biglietti e della pubblicità.»

«Mi unirò al comitato. Ti aiuterò a organizzare il ballo e a fare qualunque altra cosa ti serva.»

Il suo volto si illumina. «Davvero? Oh, grazie, grazie! Ci sono dentro fino al collo. Non sono mai nemmeno andata a un ballo prima d'ora, per non dire poi di organizzare un evento elegante. E l'incoronazione, poi, mi fa andare fuori di testa. Non ho la minima idea di come dovrebbe avvenire. Ho incaricato Max di fare delle ricerche su cosa si dovrebbe fare.»

Sì, devo decisamente esserci.

«Aspetta. Non sei mai andata a un ballo?» le chiedo. «Nemmeno a quello dell'ultimo anno?»

Lei si accuccia ad accarezzare Huckleberry. «Comunque sono cose stupide. Giusto Huckleberry?»

Leggo tre le righe. Nessuno l'ha invitata. Che idioti.

Le porte dell'ascensore si aprono al pianterreno e lascio uscire per primi lei e Huckleberry. Appena siamo nel corridoio la informo: «Andremo al ballo insieme».

«Mancano cinque settimane.»

«E allora?»

Lei scuote la testa. «Niente.»

Non crede che dureremo. Per qualche motivo non riesce

ancora a capire che mi piace veramente. È ora che le faccia passare dei bei momenti, qui in città.

Le alzo il mento con un dito e la bacio. «Sarai la mia regina.»

Lei sbatte gli occhi un paio di volte. «Immagino che questo faccia di te il mio re?»

«Ti abituerai.»

«Non ti ha mai detto nessuno che sei un illuso?»

L'afferro e le faccio fare un casqué. Lei strilla, facendo abbaiare eccitato Huckleberry.

«Caleb!» I suoi occhi color ambra sono brillanti. Sembra felice. La raddrizzo e le do un bacio veloce. «Andiamo, mia regina.»

Lei ride e usciamo insieme dall'edificio, mano nella mano, con Huckleberry che trotterella di fianco a noi.

## 11

*Sloane*

Torno a casa di Caleb in Gramercy Park. È un appartamento con due stanze ad affitto controllato (ed è una cosa rara), a nome del proprietario dell'agenzia. La cosa bella è che Caleb, anche se era irritato perché il servizio fotografico non era andato come aveva sperato, non ha permesso che gli rovinasse il tempo che passiamo insieme. Si è perfino offerto volontario di aiutarmi con il Festival d'Inverno.

Mi ha chiamata la sua regina. E accidenti se adesso non mi sento un po' speciale.

«Sembra che ci sia Hugo» dice Caleb indicando il piumino nero su un gancio accanto alla porta. Nel bagno sta scorrendo l'acqua. Caleb va in fondo al corridoio verso le camere e torna. «Ha messo la valigia nella stanza giusta. Mi devo assicurare che sia tutto a posto e sappia che cosa fare. Ha vent'anni ed è appena arrivato dalla Svezia. È il suo primo viaggio a New York. Vuoi una bottiglietta d'acqua?»

«Sì, grazie.»

Mi siedo sul divano e guardo Huckleberry che fa il suo giro di annusate. Sembra essere quello che fa sempre quando arriva in un posto. L'appartamento di Caleb ha pochi mobili. C'è un divano verde scuro, un tavolino e la TV in un soggiorno aperto su una piccola zona pranzo e un cucinino dietro un muretto basso. Le due camere e il bagno sono in fondo a un corto corridoio che parte dal soggiorno. La parte migliore è che il soggiorno ha tre finestre che danno sulla città.

Vado verso le finestre, guardando gli edifici e il parco recintato in lontananza.

«Ehi, amico, sono Caleb, il tuo coinquilino.»

Huckleberry abbaia e corre verso un ragazzo favoloso, alto, folti capelli biondi lunghi fino alle spalle, ancora bagnati dopo la doccia, occhi azzurro ghiaccio e zigomi scolpiti. Hugo sembra un dio nordico. Indossa una maglia a maniche lunghe con i jeans e le sneakers.

«Sono lieto di conoscerti» dice Hugo, stringendo la mano di Caleb e dando una grattata a Huckleberry.

«Questa è la mia ragazza, Sloane» dice Caleb indicandomi.

Il mio polso accelera e mi sento invadere dal calore. Immagino sia ufficiale. Sono la sua ragazza. Beh, ha detto che sono la sua regina, quindi immagino che la parte di essere la sua ragazza fosse sottintesa.

Hugo si avvicina a me, con Huckleberry che lo segue annusando i suoi jeans. «Sono Hugo. Lieto di conoscerti» dice offrendomi la mano.

Metto la mia nella sua e me la stringe saldamente.

«È veramente un bell'appartamento» dice Hugo a Caleb. «Dicono tutti che a New York City gli appartamenti sono minuscoli, con gli scarafaggi e i topi. Non mi sembra.» C'è un tono musicale nella sua voce, che è piacevole da sentire, e il suo inglese è impressionante.

«Dove hai imparato a parlare così bene l'inglese?» gli chiedo.

Hugo scoppia a ridere. «Un mucchio di gente in Svezia parla inglese. Ce lo insegnano a scuola e guardo i programmi inglesi in TV. Inoltre ho frequentato un campo estivo per tre anni nel Vermont. Bel posto e un mucchio di ragazze con cui fare pratica» dice con un sorrisino malizioso.

«Ci scommetto» dice Caleb unendosi alla risata. «Ti sei già messo in contatto con l'agenzia?»

«Sì, ho il mio telefono americano e ho cambiato i soldi in dollari.»

«Perfetto. Ti faccio vedere dove sono le cose, ti do qualche istruzione e poi mangeremo qualcosa.»

«Voglio andare in un club stasera» dice Hugo. «Ho sentito che qui le donne si scatenano.»

Caleb gli mette una mano sulla spalla. «Ho una notizia per te, amico. Bisogna avere almeno ventun anni per frequentarli.»

«Possiamo ottenere una carta di identità falsa, vero?»

«No. Noi non facciamo niente del genere. Mai. Ma non preoccuparti. Ci sono un mucchio di feste a cui ti posso far invitare.» Lo porta in cucina, indicando dove sono le cose: i menu per la consegna a domicilio e anche tutto ciò che gli serve per farsi i frullati verdi. Sorrido, ascoltando Caleb lanciarsi in una predica su come prendersi cura di sé e come sia importante, non solo per apparire al meglio davanti alla macchina fotografica, ma anche per restare sani.

«Stai lontano dall'alcol la sera prima di una ripresa fotografica» lo avverte Caleb. «Si vedrebbe sulla faccia. Occhi e guance gonfi. Non va bene.»

Hugo inclina la testa, con i capelli che gli coprono un occhio. «In Svezia l'età per bere è diciotto anni. Non è considerato un gran problema. Ventun anni è veramente tardi.»

«Vedrai molto alcol alle feste. Tutto con moderazione e include anche le feste. Bisogna mangiare sano, allenarsi e dormire. Se per qualunque motivo non riesci a fare tutte e tre le cose, scegline almeno due. Non posso sottolinearlo abbastanza. La chiave per il successo nella carriera di modello dipende da come ti prendi cura di te. Io sarò qui fino a domenica sera. Domani mattina ti insegnerò a farti un frullato verde. Per farti cominciare bene.»

«È obbligatorio?» chiede Hugo.

«Sì, Hugo, è obbligatorio.»

Hugo si rivolge a me. «Ti fa bere i frullati verdi?»

«Non ho mai fatto colazione con lui. Abbiamo appena cominciato a uscire insieme.»

«Vuoi passare qui la notte?» mi chiede Caleb. «Lì c'è un divano letto.» Indica il divano verde. «Vedo come va stasera. C'è sempre qualche festa il venerdì sera.»

Hugo ridacchia. «Fai dormire la tua ragazza nel divano letto? Forse ho una cosetta o due da insegnarti.»

«Fatti gli affari tuoi» dice Caleb sorridendo. Prende il telefono dalla tasca. «Visto? Ho appena ricevuto un invito da parte di un produttore musicale per cui ho fatto un video qualche mese fa. Di solito l'attico di Tigran è pieno di rockstar e modelle. Ti va bene?»

«Sì! Da sballo» esclama Hugo. Il suo slang deve venire dai suoi campi estivi. La gente qui non userebbe quel modo di dire.

Caleb si rivolge a me. «Tu ci stai, mia regina?»

Come faccio a dirgli di no? Mi ha chiamato la sua regina.

«Devo tornare a Summerdale per mezzogiorno, domani» gli dico. «Devo dare ripetizioni alla biblioteca.»

«Non sapevo che dessi ripetizioni.»

«Sì. Ci sono un paio di ragazzi cui do ripetizioni di matematica, una in quinta elementare e l'altro in seconda superiore.»

Caleb mi fissa negli occhi, con le labbra che sorridono. «Bello. Ci fermeremo a comprare gli articoli di toilette che ti servono mentre torniamo dalla cena. Hai fame?»

«Sì.»

Hugo scuote la testa. «Non voglio intromettermi nel tuo appuntamento con la tua regina.»

«C'è posto per tutti nella corte reale» risponde Caleb ridendo. «Vieni, offro io la cena.»

Hugo si rivolge a me. «Sei sicura che sia okay?»

«Assolutamente. Inoltre sono sicura che Caleb voglia farti mangiare qualcosa di sano.»

Caleb inclina la testa verso la porta. «Andiamo. E, Hugo, stai lontano dai venditori di hot-dog.»

«Pensavo di avere un coinquilino, non un babysitter» brontola Hugo.

Caleb si ferma di colpo. «Io cerco in particolare di aiutare quelli nuovi. L'agenzia non mi dà un extra per farlo. Lo faccio perché voglio che abbiano successo. Capito?» Offre a Hugo il pugno da battere.

«Capito» risponde Hugo battendogli il pugno.

«Vedrai che posso essere molto divertente.»

Sorrido a Hugo. «Ha chiamato il suo cane Huckleberry.»

«È un nome sciocco per un cane come questo» dice Hugo. «Dovrebbe chiamarsi Koda o Zeus.»

Io sorrido «Già.»

Hugo e io usciamo insieme dalla porta e troviamo un mucchio di nomi dignitosi per Huckleberry. Caleb ha una breve colluttazione alla porta per riuscire a far restare Huckleberry nell'appartamento prima di unirsi a noi e mettermi il braccio sulla spalla mentre camminiamo.

Le mie guance diventano rosse ma fingo indifferenza mentre camminiamo così. Come se fossimo una vera coppia. Forse, alla fine del weekend mi sembrerà di esserlo veramente.

Forse non sono abbastanza alla moda per questa festa, perfino dopo essere passata dagli sneakers a stivali con la zeppa e un tacco massiccio. Caleb li ha comprati per me in un negozio cui siamo passati davanti mentre tornavamo dalla cena e li adoro. Sono da dura e mi danno qualche centimetro in più senza farmi barcollare. Siamo in un appartamento a due piani all'attico, di proprietà di Tigran, un produttore musicale. Tutto l'appartamento è arredato in bianco, con solo qualche macchia di nero come contrasto nell'illuminazione a soffitto e un paio di poltrone moderne in pelle e cromo. Non è una casa in cui qualcuno potrebbe avere dei bambini, cani o vino rosso. Almeno io non potrei. Mi preoccuperei in continuazione di macchiare tutto quel bianco.

Siamo qui da un'ora. Hugo è sparito quasi immediatamente, mettendosi al centro di un gruppo di donne che lo hanno accettato immediatamente, incantate dal suo accento.

Non ho mai visto tante rockstar né tante donne luccicanti prima d'ora. Caleb è nel suo elemento, parla e ride con tutti. Io me ne vado discretamente per usare il bagno. Questa festa mi ricorda la prima volta in cui ho incontrato Caleb all'Horseman Inn durante la festa di fidanzamento della sua famiglia. Sono all'esterno di un gruppo che lo adora. Lui è il sole intorno al quale ruotano tutti. Io non sono nemmeno uno di quei pianeti che ruotano intorno a lui. Sono nella sua ombra, inosservata, che sparisco sullo sfondo.

Busso alla porta del bagno del piano in basso.

«Occupato» dice una voce di donna.

Aspetto, giocherellando con l'orlo del maglione. Sono vestita in modo così inadeguato per questa festa. Le donne indossano abiti aderenti, gonnelline cortissime e qualcuna ha un completo pantaloni. Tutte sembrano appena scese da una passerella. Vabbè. Comunque non mi sentirei a mio agio vestita in quel modo.

Si apre la porta e una donna alta dai capelli rossi con una tuta color argento scollata fino all'ombelico mi guarda a occhi stretti. Caleb ci ha presentate. Rochelle. Ha lavorato con lei alla campagna della Cali Pop.

«Ciao» le dico.

Lei mi guarda dall'alto al basso con condiscendenza. «Stai veramente con Caleb?»

«Scusami?»

«Sei così...», fa un vago gesto per aria, «*ordinaria*. Sii sincera, sei la sua assistente? Ti ha portata qui per andare in perlustrazione, giusto?»

Stringo le labbra. «Sono un meccanico. Ti sembra molto ordinario?» Mi distinguo, che lo voglia o no.

Lei alza le sopracciglia perfettamente arcuate. «È strano.»

«Tu sei strana.»

Lei sbuffa. «Tesoro, non sei proprio alla sua altezza. Non riuscirai mai a tenerlo.» Se ne va sui suoi tacchi a spillo.

Ho gli occhi e le guance che scottano quando entro in bagno. Le piastrelle sono di un bianco brillante. Mi sento stordita, mi muovo come se avessi il pilota automatico.

Colgo il mio riflesso nello specchio mentre mi lavo le mani. Ho la faccia pallida, gli occhi lucidi per le lacrime. *Non permetterle di confonderti. È gelosa. Probabilmente vuole Caleb per sé.*

Esco e mi raggiunge il suono di una squillante risata femminile. Esito, non sono pronta a raggiungere di nuovo Caleb al centro di tutto, circondato dalle sue favolose ammiratrici.

Trovo la cucina, separata dal soggiorno, dove la cuoca sta friggendo un qualche tipo di ravioli. È una donna di mezz'età, con i capelli grigi raccolti in uno chignon ordinato, un grembiule bianco sopra una camicia nera a maniche lunghe e una gonna turchese a fiori.

«Hanno un profumo delizioso» le dico.

Lei sorride e annuisce.

«C'è un mucchio di gente qui stasera. Deve avere tanto da fare.»

Lei sorride e mette il raviolo su un vassoio foderato di tovaglioli di carta.

«Molto elegante» dico, tirando una sedia davanti all'isola alla quale sta cucinando. È bello trovare un po' di quiete.

Lei sorride e annuisce.

Mi rilasso finalmente, per la prima volta da quando sono arrivata. È bello avere qualcuno che sa ascoltare. Le parlo di Caleb e Hugo e del posto carino dove abbiamo cenato, con le lucine, un vecchio juke-box e i camerieri super amichevoli. Anche il cibo era eccezionale. Poi le confido che cosa faccio di solito di lavoro e come mi fa sentire fuori posto qui. Non le rivelo le cose cattive che ha detto Rochelle, ma mi sento meglio dopo essermi tolta tutto quel peso dal petto.

Resto lì per un po', a mangiare ravioli con le salse deliziose che prepara. Sono fortunata a essere arrivata per prima al cibo. Chissà quanto ci sarebbe voluto perché arrivasse da me con tutta quella gente?

Caleb inserisce la testa. «Eccoti.»

«Ciao, stavo solo mangiando qualcosa. È una cuoca fanta-stica.» Mi rendo conto che non so il suo nome. «Mi scusi, sono stata qui a chiacchierare per tutto il tempo e non mi sono mai presentata, sono Sloane.»

Caleb le rivolge un saluto frettoloso e un sorriso. «Arri-vederci.»

«Ma...» Mi solleva dalla sedia. Sono così sorpresa che non dico una parola. Mi tira in uno stretto corridoio e in un bagno, chiudendo la porta a chiave. «Che cosa stai facendo?»

«Che cos stai facendo *tu*» ribatte, sussurrando feroce-mente. «Ti porto a una festa piena di rockstar e ti nascondi in cucina?»

«Non mi stavo nascondendo, stavo solo chiacchierando con la cuoca.» Alzo il mento. «Non è meno importante perché non fa la musicista.»

Lui stringe gli occhi. «Quella è la mamma di Tigran. È armena e non parla una parola di inglese, quindi non so esat-tamente come facessi a chiacchierare con lei.»

Apro la bocca e poi la richiudo. Pensavo che fosse solo una buona ascoltatrice. Sorrideva spesso e ogni tanto diceva: «Ah».

«A tutti serve un po' di compagnia» dico sulla difensiva. «Era tutta sola e tu non avevi bisogno di me. Avevi il tuo gruppo di ammiratrici.»

«Sei veramente tanto timida?» mi chiede Caleb.

«Ti ho detto che non sono timida.»

«Giusto, okay. Feste come queste non servono solo per divertirsi. È così che ottengo i lavori, socializzando. Tigran conosce tutti. I video musicali sono un buon lavoro per i modelli e pagano bene, ma, invece di parlare con la gente, ti stavo cercando dappertutto. Pensavo che te ne fossi andata.»

Incrocio le braccia, distogliendo lo sguardo. «Non me ne sarei semplicemente andata. Cioè, dove potevo andare?»

«Avresti potuto prendere un treno per andare a casa.»

Non l'avevo nemmeno preso in considerazione, ma l'idea mi rallegra immediatamente. Questo mondo non fa per me.

Probabilmente è stata una buona cosa che sia stata obbligata a lasciare questo mondo quando ero una bambina, per quanto mi avesse fatto male a quel tempo. Ma Caleb qui brilla. Tutti lo amano e lui ama tutti. Ha un'influenza positiva sui modelli più giovani. La sua ragazza, il meccanico della sua città natale, è il pesce fuor d'acqua. Che cosa c'è di nuovo? Ma almeno a casa mi sento a mio agio.

Faccio un respiro profondo e dico la verità. «Mi dispiace, ma questo non è il mio ambiente. Pensavo che sarebbe stato carino e all'inizio lo era, ma poi mi sono sentita veramente a disagio e fuori posto. Probabilmente non lo hai notato, ma alcune delle tue groupie mi stavano dando delle occhiatacce. Ti vogliono per loro e io sono d'impiccio.»

Lui alza gli occhi al soffitto prima di darmi un'occhiata severa. «Se avessi voluto chiunque ci sia a questa festa non avrei portato te. Lo capisci, vero? Pensavo che fossimo sulla stessa lunghezza d'onda. Siamo una coppia.»

«Ma questo non significa che io sia adatta alla tua vita. Questa è la tua gente.»

Lui allarga le mani. «Tutti sono la mia gente. A me piacciono tutti.»

Caleb attira la gente perché fa sentire tutti speciali. Non dovrebbe annullare quanto mi sono sentita speciale quando mi ha detto che ero la sua regina, ma è così. Sbatto rapidamente gli occhi, con la gola stretta. Non so perché sono diventata così emotiva. Ho sempre saputo che non eravamo fatti l'uno per l'altra.

«Possiamo tornare alla festa adesso?» mi chiede.

«Non ce la faccio» dico a bassa voce.

«A fare che cosa?»

Indico tutto intorno. «Questo, la scena delle feste eleganti. Io qui sono un'impostora. Non sono adatta e probabilmente significa che non sono adatta nemmeno per te.»

## 12

---

*Sloane*

Le parole restano sospese nell'aria tra di noi. Il mio cuore batte forte mentre Caleb mi fissa. Non voglio troncare con lui, ma è ovvio che non siamo fatti l'uno per l'altra.

«Non vedi come i nostri due mondi non vanno d'accordo?» gli chiedo dolcemente. «Tu vivi in questo affascinante mondo dei modelli e io indosso tute coperte d'olio per motori.» Deglutisco il nodo che ho in gola. «Recentemente hai ottenuto di fare una campagna importante e ce ne sono altre all'orizzonte. Poi vedrai, starai girando il mondo da un capo all'altro.»

Lui fa un respiro profondo. «Sloane, purché noi due stiamo bene, non conta nient'altro.»

Parlo nonostante il groppo in gola. «Certo che conta. Questo non è il mio posto.»

«Ma potrebbe diventarlo, potresti arrivare a un punto in cui ti sentirai a tuo agio...»

«Non sarò mai a mio agio! Sono stata scottata da questa gente!»

Lui spalanca gli occhi. «Sei veramente sconvolta. Okay, adesso ce ne andiamo.»

Apre la porta e mi accompagna fuori. Usciamo, dopo

aver salutato in fretta il nostro ospite e alcune altre persone che gli afferrano il braccio mentre passa. La fredda aria notturna mi colpisce e mi sembra di poter finalmente respirare di nuovo.

Caleb chiama un taxi e torniamo in silenzio al suo appartamento. Sono tentata di mettere fine alla serata ma gli devo una spiegazione per essere esplosa. E averlo deluso. Sento il cuore pesante. So che una volta che mi sarò spiegata capirà chiaramente come me che semplicemente non siamo fatti l'uno per l'altra. Non conta il colpo di fulmine, per romantico che sembri.

Arrivati nel suo appartamento si occupa di Huckleberry, portandolo a fare una veloce passeggiata. Qualche minuto dopo, Caleb ci ha sistemati sul divano con un bicchiere di vino. Ho l'impressione che sia la sua routine per una seduzione romantica. C'è della musica dolce che suona in sottofondo e ha perfino abbassato le luci. Huckleberry sta dormendo sul pavimento sotto il piccolo tavolo da pranzo quadrato.

«Quando tornerà Hugo?» gli chiedo.

«Tardi, immagino» risponde. «Okay, spiegami che cosa intendevi prima. Hai detto che sei stata scottata da questa gente. Di che gente stavi parlando? Non conoscevi nessuno, quindi come potevano averti scottato?»

Maledizione, non è un tentativo di seduzione. Mi stava facendo rilassare perché sputassi il rospo.

Fisso il pavimento. «Quella donna, Rochelle, con cui hai lavorato alla pubblicità della Cali Pop, lei, uhm, ha detto che sono ordinaria e anche strana e che non sarò mai capace di tenerti per me.»

Lui borbotta un'imprecazione e mi tira vicina. «Non ascoltarla. Tu sei straordinaria. Lei è gelosa di te.»

Mi tiro indietro. «Se è gelosa è solo perché ti vuole.»

«Le parlerò. Non è giusto il modo in cui ti ha trattato.» Scuote la testa. «Sembrava carina durante il servizio fotografico. Detesto il fatto che ti abbia fatto sentire a disagio.»

Bevo un lungo sorso di vino. «Non è soltanto lei. Ero seria

quando dicevo che questo mondo non fa per me. La gente di questo mondo. La gente bella.»

«Non capisco.»

Lo fisso negli occhi. «Quando ero piccola, mia madre ha cominciato a farmi partecipare alle sfilate di bellezza per bambini.»

«Piccola quanto?»

«Tre anni.» Bevo un altro sorso di vino. «Era... Era un po' la nostra cosa. Eravamo molto legate da questa cosa delle sfilate di bellezza e poi, quando avevo sei anni, ho vinto un concorso importante e ho trovato un agente. Quindi, dai sei agli undici anni, sono stata una modella bambina e ho fatto anche qualche pubblicità. Io... Io non sono mai cresciuta molto in altezza, quindi fare la modella da adulta era fuori discorso.»

«È tutto qui? Il fatto che non sei abbastanza alta è il motivo per cui ti senti fuori posto in questo mondo? Pensavo che qualcuno ti avesse trattata male.»

Svuoto il bicchiere e lo appoggio sul tavolino. «C'è dell'altro. Raggiunta la fase pre-adolescenziale, un fotografo disse a mia madre che poteva scordarsi di ottenere altri ingaggi perché ero come un brutto anatroccolo al contrario. Avevo cominciato...», mi manca la voce, «come una bambina adorabile e poi... Non lo ero più.»

«Che stronzo. Sloane...»

Alzo una mano. «C'è di più. Non è stata sola la fine della mia carriera con una spirale di vergogna proprio quando ero al massimo del periodo imbarazzante. La parte peggiore è che ho perso il legame con mia madre. Era talmente delusa da me che se n'è andata, dicendo che io ero l'unico motivo per cui era rimasta così a lungo. Immagino che non le servissi quando non sono più stata una bambina adorabile.»

Caleb appoggia il bicchiere sul tavolino e mi tira vicina, mettendomi un braccio sulle spalle. «Mi dispiace per quello che hai passato. Ci ha perso lei non vedendo che donna fantastica sei diventata oggi.»

Appoggio la guancia contro il suo petto caldo. «È okay. Sto

bene.» Ho gli occhi asciutti, ho smesso di piangere per il passato, comunque non mi tiro indietro. «Immagino che tu riesca a capire perché non mi sento a mio agio nel tuo mondo. Soffro di una specie di stress post-traumatico per quello che mi è successo.»

Lui mi accarezza i capelli. «È ovvio. Doppio colpo, con la tua carriera che finisce e tua madre che se ne va. Non so niente di tua madre, ma normalmente un divorzio arriva quando una relazione va a rotoli. Sono sicuro che non è per colpa tua che se n'è andata.»

Mi siedo diritta. «Certo, non era molto legata a mio padre. Si erano sposati solo perché era rimasta incinta di me. È rimasta finché le sono stata utile e poi se n'è andata quando non lo sono più stata.»

«Ci ha perso lei e non è colpa tua. Lo capisci, vero?»

«Causa-effetto. Sono stata io a far cominciare e finire il loro matrimonio. A me sembra tutto piuttosto semplice.»

«Eri una bambina. Non puoi prendertene la colpa. Lei era un'adulta e ha preso delle decisioni sbagliate.»

Passo il dito sul bordo del divano. Non sono convinta. «Sono sicura che tutti a quella festa si siano chiesti che cosa ci facessi con me. Siamo come la bella e la bestia, ma al contrario. Tu sei l'emblema della bellezza maschile.»

«Non parlare di te in questo modo.»

Faccio spallucce. «Io non sono l'ideale di bellezza femminile di nessuno. Non è un segreto.»

Lui fa una smorfia e poi prende il telefono. «Guarda questo.» Preme un paio di tasti e mi mostra un album di fotografie. «Me le ha mandate Dmitrij. Non ha avuto il tempo per ritoccarle o correggerle. Sono gli originali. Guardati. Sei bella.»

Storco le labbra, incredula. Guardo. Le mie guance hanno una tonalità rosata. Gli occhi e la pelle sembrano splendere. Il modo in cui sto guardando Caleb e il modo in cui lui sta guardando me... Sembriamo una coppia innamorata.

Mi volto verso di lui, con la verità che si fa lentamente strada. «Insieme appariamo naturali.»

Lui china la guancia verso la mia mentre facciamo scorrere le fotografie. «Sembra che io ti piaccia veramente» mormora.

«Stavo per dire la stessa cosa di te.»

Ci fissiamo negli occhi.

«Mi dispiace di averti rovinato la festa stasera.»

«Adesso capisci perché nessuno si sarebbe mai chiesto perché sto con te, vero?» Mi mette una ciocca di capelli dietro l'orecchio, sfiorandomi il collo con le dita. «Sembra che siamo...»

«Innamorati» mormoro.

Caleb sorride. «Stavo per dire che siamo una coppia, ma preferisco la tua versione.»

Gli metto le braccia intorno al collo e lo bacio appassionatamente. Lui mi restituisce il bacio con lo stesso calore. Le sue mani vagano dappertutto mentre ci baciamo come se non ci fosse niente di più importante al mondo. *Non fermarti.* Labbra e lingue e denti. Ne avevo bisogno. Ogni sensazione.

Caleb mi solleva dal divano e mi porta nella sua camera. Mi rimette in piedi accanto al letto e mi bacia di nuovo, infilando le dita tra i miei capelli. Ci stacchiamo senza fiato un momento dopo. E poi mi spoglia, lentamente, baciando ogni centimetro di pelle che scopre. Sospiro, lasciando cadere indietro la testa. Nessun uomo si è mai preso tutto il tempo come lui.

È in ginocchio e mi sta togliendo i calzini. Mi bacia lungo la gamba, soffermandosi sul mio sesso e baciandolo. Io gli accarezzo i capelli, col respiro corto. Caleb si alza in piedi e io gli afferro la testa, baciandolo, cercando freneticamente di spogliare anche lui, che interrompe il bacio. «Sei sicura?»

«Sì, assolutamente» dico, felice di essere riuscita a togliergli la maglia. Vado immediatamente al bottone dei suoi jeans, ma lui mi spinge via la mano, facendolo da solo. Capisco il perché quando abbassa con attenzione la cerniera sopra un massiccio rigonfiamento. Mi desidera quanto lo desidero io. Sta per succedere.

Lo afferro, baciandolo, cercando di arrampicarmi su di lui; voglio avvicinarmi per quanto è umanamente possibile. Lui mi solleva con facilità e mi mette al centro del letto prima di raggiungermi, coprendomi con il suo corpo. La sensazione della sua pelle sulla mia è fantastica.

Caleb intreccia le dita con le mie appoggiando le nostre mani ai lati della mia testa. Unisce le labbra alle mie per un lungo bacio profondo. Sono così pronta, così eccitata, e lui sta andando così adagio.

Stacco la bocca dalla sua. «Caleb, ti voglio. Muoviamoci.»

Lui mi mordicchia il labbro e poi lo lecca. «La nostra prima volta dev'essere assaporata. Resta sdraiata e rilassati.»

«Io...»

Il suo bacio mi zittisce, un bacio devastante che mostra un po' della mia stessa urgenza. Si sta controllando, trattenendosi. Ho le mani inchiodate sotto le sue, il mio corpo sotto il suo. Non posso accelerare le cose. Qualcosa in me si lascia andare. Mi rilasso sotto di lui e la sua bocca diventa più imperiosa. Una marea di sensazioni mi invade mentre pulso di desiderio.

Caleb si sposta, lasciando una scia di baci verso la mandibola, lungo la gola, sulla clavicola. Mi lascia andare i polsi mentre continua a baciare più in basso, raggiungendo finalmente il seno, prendendolo in mano e attirando un capezzolo in bocca. Lo succhia e un desiderio ardente mi infiamma. Mi tengo a lui, respirando forte. Caleb si sposta, dedicando la stessa attenzione all'altro seno. *Oh Dio.* Sono già così vicina. Non sapevo che il mio seno fosse così sensibile.

Si tira indietro, fissando il mio seno e di colpo mi sento a disagio. Non ho nemmeno bisogno di un reggiseno come sostegno. Lo porto solo per modestia.

«È piccolo» dico.

Lui alza gli occhi. «Sei tutta perfettamente proporzionata.»

Sorrido con gli occhi che si riempiono di lacrime. «Anche tu.»

«Non far caso a me» mormora, continuando a baciarmi sulla pancia.

Trattengo il fiato quando mi bacia lungo l'interno della

coscia e continua, giù fino alle dita dei piedi. Allungo la mano verso di lui.

Il suo sguardo ardente mi dà una scossa. Mi desidera eppure si sta prendendo tutto il tempo. Posso solo pensare che sia perché gli importa di me, del mio piacere. È un'esperienza completamente nuova per me.

E poi mi allarga le gambe, mettendosele sulle spalle, e dà una lunga leccata. Ansimo, con i fianchi che scattano verso l'alto.

«Mmm» mormora Caleb contro di me.

Ansimo di nuovo.

E poi la sua bocca fa la sua magia. *Beatitudine.*

E poi si uniscono le dita. *Ohmiodio.*

Di colpo sto vibrando, pronta. *Per favore.*

E poi mi lascio andare, con i fianchi che si muovono selvaggiamente, col piacere che esplode come una nova dentro di me. Caleb continua, addolcendo il suo tocco mentre io cavalco un'onda di piacere dopo l'altra finché sto ansimando, senza fiato.

Caleb allunga la mano verso il cassetto del comodino. «Pronta per continuare?»

Sorrido come un'ebete. È così meraviglioso. «Vai!»

Apre il pacchetto e si infila il preservativo. «Sai che cosa significa, vero?»

«Cavolo, sì.» Significa che lo voglio da morire.

Lui mi bacia e sento il mio stesso sapore, una sensazione erotica che mi fa impazzire. Poi mi sta penetrando, così grosso che devo arcuare i fianchi per agevolarlo. Caleb solleva la testa, osservandomi mentre mi riempie fino all'elsa.

Lascio uscire lentamente il fiato.

Intreccia le dita con le mie mentre comincia a muoversi. Lentamente e profondamente, con lo sguardo fisso nel mio. È tenero, quasi sentimentale e per la prima volta in vita mia so che cosa vuol dire fare l'amore.

Caleb si sposta e tocca un punto dentro che mi fa impazzire. Sollevo i fianchi, cercando più contatto e lui mi accontenta, continuando a muoversi. Tremo e poi grido, travolta dall'orgasmo. Lui continua, spinto dal suo stesso desiderio e io l'accetto, respirando affannosamente a ogni fitta di piacere.

Arcua la testa quando si lascia andare con un gemito gutturale e poi crolla sopra di me. Mi sfugge l'aria dai polmoni per il suo peso. Gli accarezzo la schiena bollente, godendo dei suoi muscoli duri.

Si appoggia sui gomiti e alza la testa. «Riesci a respirare? Scusa. Alla fine ho perso il controllo.»

Sorrido nuovamente come un'ebete. «Sto bene. Mi piace il fatto che abbia perso il controllo.»

Lui mi scosta i capelli, mi bacia e rotola di fianco. Restiamo lì per un po' a riprendere il fiato. Riesco a recuperare abbastanza energia per tirarmi addosso le coperte e poi ricadere sul letto.

Caleb gioca con i miei capelli. «Vuoi sposarti, prima o poi?»

«Sì, un giorno.»

«Con me?»

Volto la testa per guardarlo negli occhi. «Non lo so. È tutto così nuovo.»

«Aspetterò finché lo saprai.»

Mi appoggio su un gomito e lo fisso, perplessa per la sua insistenza che il colpo di fulmine significhi che siamo destinati a restare insieme. A me sembra più una leggenda di famiglia che non una realtà. «Caleb, sii pratico. La gente non viene semplicemente colpita da un fulmine e decide che sposerà qualcuno.»

«Che ne dici dei bambini?»

Resto a bocca aperta.

«Ti devono piacere, visto che dai ripetizioni ed eri un'insegnante.»

Rotolo sulla schiena. Tutti questi discorsi seri sono decisamente fuori dalla mia portata.

Caleb mi afferra e strillo per la sorpresa quando mi tira sopra di lui. Sta ridendo talmente forte che gli scuote il petto. «Calmati, ragazza. Una volta o l'altra proverò a lanciarti in giro. Hai le dimensioni giuste perché ci riesca.»

«Mi hai sorpresa, ecco tutto» dico per giustificare il mio strillo acuto.

Il suo calore è inebriante. Ogni mio muscolo si rilassa. Le sue mani grandi mi massaggiano le spalle e poi la schiena e io mi sciolgo.

Fa scorrere le dita lungo la spina dorsale fino alla nuca che stringe. «Dimmi qual è la tua fantasia segreta.»

Le parole escono prima che possa riflettere. «Una grande famiglia felice.»

Lui si immobilizza sotto di me e poi mi scosta i capelli dal volto mentre si sposta, cercando di guardarmi negli occhi. Sento il suo sguardo.

Sollevo la testa. «Stupida fantasia di una figlia unica.»

Le sue labbra si curvano in un enorme sorriso e gli occhi nocciola scintillano. «Intendevo una fantasia sessuale, ma questa è fantastica. Te la posso dare. Puoi far parte di una grande famiglia felice e un giorno, se vorrai, potresti averne una tutta tua.»

«Davvero?» chiedo piano.

Lui mi bacia. «Oh, Sloane, avremo tutto quanto.»

E, in quel momento, mi sembra di averlo già.

«Torno subito» dice, rimettendomi sul materasso. Lo guardo camminare nudo nel corridoio per andare in bagno.

Fisso il soffitto, un po' stordita. Ha detto che non avremmo fatto sesso finché non avessi accettato di sposarlo. Quindi è quello che appena fatto. Una parte di me lo vuole ed è ancora più folle di credere al colpo di fulmine. Ci vediamo solo da una settimana.

Torna, nudo e completamente a suo agio, e si infila sotto le coperte, spostandomi fino ad appoggiarsi alla mia schiena. Mi rendo conto che non mi dispiace che mi manovri come una bambolina. Finisco sempre in una posizione piacevole.

Mi tira indietro i capelli e la sua voce mi romba nell'orecchio. «Parlami dei tuoi sogni, grandi e piccoli, e li farò avverare.» Dev'essere magico perché credo che sia capace di fare tutto.

«Il mio sogno è di diventare socia dell'officina di mio

padre.»

«E se rifiuta, qual è il tuo piano di riserva? Il tuo sogno non dovrebbe dipendere dalla collaborazione di un altro.»

«Non sono mai arrivata a pensare così in là. Desidero gestirla con lui da quando ricordo. Una squadra di super meccanici. Non c'è nessuno migliore di lui. Io sto ancora imparando.»

«Okay, che altro?»

«La grande famiglia felice» ammetto. «Non l'ho mai detto a nessuno.»

Mi mette la mano sul volto e mi sposta verso di lui per un bacio. «Bella.»

Mi sposto indietro, rannicchiandomi contro di lui. Caleb mi appoggia la mano sullo stomaco e io intreccio le dita con le sue.

«Quali sono i tuoi sogni?»

«Sono ancora poco chiari. So che voglio una carriera più stabile quando smetterò di fare il modello, ma non ho ancora capito quale sarà.»

«Va tutto bene. Non devi sapere tutto proprio adesso.»

«Vero. Mi piace quello che sto facendo adesso.»

Mi irrigidisco. La sua carriera sta decollando e significa che mi lascerà nella polvere.

Mi bacia il collo. «Intendo dire noi.»

Mi rilasso. «Oh, Caleb.»

«Mi credi riguardo al colpo di fulmine?»

«Sto cominciando a crederti.»

«Bene, perché è la verità.»

«Ora che abbiamo fatto sesso, significa che sono obbligata a sposarti?»

Lui ridacchia. «Significa che è inevitabile. Rilassati e goditi la corsa.»

Sorrido tra me e me. Questa è la corsa della mia vita.

Purché non pensi troppo alle nostre differenze o alla velocità con cui stiamo procedendo. Purché non pensi. Punto. Che mi limiti alle sensazioni. In questo momento sono calda e rilassata tra le sue braccia. Posso farcela. Domani vedremo.

## 13

Sono tornata a Summerdale. Caleb è ancora a New York, a fare da babysitter a Hugo. Tornerà domani sera. Il mondo mi sembra diverso, pieno di promesse. *Io* mi sento diversa, scintillante. Non mi sono mai descritta come scintillante prima d'ora. Ah! Forse sono le luci, le decorazioni natalizie in tutta la città, o forse è la prima volta in cui un uomo mi ha veramente fatto provare qualcosa.

Vado nel tranquillo spazio per lo studio della biblioteca di Summerdale per incontrare la mia allieva: Olivia, una bambina di quinta elementare che fatica in matematica. Non è ancora arrivata. Ho intravisto il fratello maggiore di Caleb, Drew, che sta esplorando gli scaffali nella sezione delle biografie. Si volta con un librone in mano, mi vede e mi saluta con un cenno della testa.

Immagino che dovrei conoscere meglio la famiglia di Caleb, quindi tento di conversare. «Che cosa stai leggendo?»

Si avvicina per mostrarmi la copertina. Una biografia del generale MacArthur. «Ho sentito che eri tornata e lavori nell'officina di tuo padre. Come sta?»

«Bene.» *Caleb ha parlato di me?* «Leggi un mucchio di biografie di militari?»

Lui sembra un po' imbarazzato. «Ho finalmente ottenuto

una tessera della biblioteca e ogni settimana leggo la biografia di un generale famoso oppure una storia militare.»

«Sto cercando di fargli espandere i suoi orizzonti» dice scherzosamente Audrey mentre sale le scale.

Drew si volta. «Lo prenderò in considerazione quando troverai qualcosa più interessante della strategia militare.»

Audrey ci raggiunge. «Ciao Sloane. Per favore di' a Drew che c'è altro da leggere oltre alla strategia militare.» Si rivolge a lui: «Si chiama una bella storia».

«Non leggo molto, quindi non mi sento qualificata per dirglielo» ammetto.

Audrey ansima platealmente. «Blasfemia. Dovreste venire entrambi al Club del Libro giovedì sera, proprio qui in biblioteca. La nostra scelta della settimana è in evidenza proprio davanti. È la storia di una stella del cinema dell'era del muto e delle difficoltà che ha dovuto affrontare quando è arrivato il sonoro.»

«Sono piuttosto occupata con le ripetizioni, il lavoro e il Festival d'Inverno» le dico.

Audrey non sta prestando attenzione a me. Invece sta fissando Drew, sfidandolo con gli occhi.

Lui sorride. «Non ho intenzione di essere l'unico uomo al vostro Club del Libro. C'è un motivo per cui sono tutte donne. Quel libro non attira gli uomini. Film sonori?»

Lei gli agita un dito in faccia. «Un giorno riuscirò a farti venire e vedrai, una bella storia può essere interessante quanto il resoconto di una battaglia, no, anzi, più interessante.»

«La vita è una battaglia» risponde Drew. «Non ci sono insegnamenti migliori di quello che posso imparare proprio qui» dice picchiettando il libro. «Adesso hai intenzione di registrarlo oppure dovrò avere a che fare con il lentissimo Martin?»

Audrey sorride, si volta e va verso la scala. Drew la segue.

Jenna mi ha raccontato la loro storia. Dice che Audrey ha una cotta per Drew fin da quando era una bambina. Sembra che adesso siano più su un piano di parità, si stanno avvicinando per diventare amici, ed è più di quello che erano prima. Audrey aveva mandato un mucchio di e-mail sdolcinate a Drew quando era in missione. Riesco a capire la cotta per l'uomo più grande. Grazie al cielo non ho mai mandato lettere o bigliettini a Max quando ero in preda all'adorazione adolescenziale. Non avrebbe mai smesso di prendermi in giro. Veramente un bel gesto da parte di Drew fingere che non sia successo niente.

Caleb è molto più caloroso e dolce di Drew. Sorrido tra me e me pensando a lui. Ho salvato una delle foto che ci ha fatto Dmitrij. Picchietto sul telefono per guardarla di nuovo. Ha catturato qualcosa di cui non mi ero resa conto: l'innegabile chimica tra di noi. Sembriamo così felici insieme.

Oddio, ci sono cascata in pieno. Beh, che ci posso fare? Mi ha assolutamente stesa dicendo che voleva sposarmi la prima volta in cui siamo usciti insieme. Non mi meraviglia che la nostra storia sia progredita così in fretta. Una settimana e mi sto innamorando. Non mi è mai successo prima. È reale? Potrà dirlo solo il tempo.

Io spero propri di sì.

Una settimana dopo, risultato della mia scarsa capacità di giudizio e del fatto che Kayla e Audrey mi hanno teso un'imboscata, sono vestita da elfo a una Colazione con Pancake con Babbo Natale. Sarei riuscita a schivarlo, anche se dicono che sono perfetta per la parte perché sono piccola (esattamente come loro), ma mi hanno comprato un cappello da elfo con attaccate le orecchie a punta e non potevo permettere che andasse sprecato. Okay, mi piace che mi includano. È la prima volta che ho delle amiche.

Quindi sono qui, a fare l'elfo il sabato prima di Natale. Oh-oh-oh o qualunque cosa dicano gli elfi. *Jingle-jingle-jingle?* Oggi scampanello alla grande. Sono maledettamente ridicola. Questa mattina Kayla si è presentata presto a casa mia con il resto del mio costume: un vestito di velluto verde con bastoncini di zucchero davanti, collant bianchi e scarpe di velluto rosso che non solo hanno la punta all'insù, ma hanno anche i campanelli. Scampanello ogni volta che mi muovo. È impossibile confondersi in questo modo, cosa che ho tentato di fare da quando ho lasciato il mondo della pubblicità e i suoi riflettori.

*Come diavolo sono riuscite a farmi partecipare a questo evento così umiliante?*

«Che cosa c'è che non va?» mi chiede Kayla.

Siamo nella mensa della scuola elementare. Noi tre stiamo bevendo il caffè, aspettando che sia tutto pronto e aprano le porte ai bambini. Alcuni volontari stanno preparando la pastella per fare i pancake.

«Le scarpe da elfo sono troppo strette?» mi chiede Audrey, veramente preoccupata.

«No» rispondo alzando un piede. «Sono giuste.»

«Sei adorabile» dice Kayla. «Siamo tutte adorabili. Facciamo una foto.» Alza il telefono scatta un selfie di noi tre.

Si volta verso di me. «Tu non hai sorriso.»

«È difficile sorridere quando si ha un aspetto assurdo» dico tra i denti.

«Perché ti interessa tanto che aspetto hai?» chiede Kayla.

«Non è così.» *È vero?* Di colpo mi rendo conto che mi spaventa tanto essere giudicata per il mio aspetto che non sopporto che la gente mi guardi. Sto ancora cercando di nascondermi come quando ero alle superiori, vestendomi tutta di nero, tranne che ora indosso maglioni larghi e tute.

Kayla agita con le dita le orecchie da elfo ai lati del suo cappello verde. «Dovremmo essere degli elfi allegri, come i giullari di corte di Babbo Natale.»

«È per i bambini» dice Audrey. «Facciamo parte della magia del Natale.»

Annuisco, cercando di entrare nell'atmosfera e non preoccuparmi del mio aspetto.

«Vieni, facciamo pratica» dice Kayla, alzando il telefono per un altro selfie. Li fa in rapida successione, dirigendo la sessione fotografica. Reagisco istintivamente, abituata a obbedire agli ordini dei fotografi. «Faccia buffa! Faccia felice! Bacio!»

«Aspettate, ho fatto un *elfino*!» dice Audrey. Bel modo di sostituire una parolaccia.

Ci mettiamo tutte a ridere e, così, semplicemente, mi rilasso.

Il resto della giornata continuiamo a tirare in ballo il suo "elfino".

Babbo Natale ha fatto un *elfino*.

La renna si è ribaltata, che situazione *elfinata*.

Abbiamo *elfinato* le cose a un altro livello.

Le nostre risate contagiose e i nostri sorrisi sembrano far emergere il meglio da tutti. I genitori sembrano rilassati mentre aspettano in fila con i loro bambini. Babbo Natale (alias Nicholas del Summerdale Mart) è nel suo elemento e i pancake hanno un enorme successo.

Quando finisce il turno di Babbo Natale, Kayla, Audrey e io balliamo per i bambini, unendo le braccia e lanciando in aria le gambe come le Rockettes al suono di *Holly Jolly Christmas*.

Come attratto da un magnete, il mio sguardo va alla porta da dove è appena entrato Caleb. Sta sorridendo e battendo le mani a tempo. I genitori e i bambini lo imitano, battendo le mani tutti insieme.

Finiamo la performance e facciamo un inchino. Kayla ci mette le braccia sulle spalle. «Può essere la nostra tradizione. Le tre piccolette del gruppo che portano la magia degli elfi.»

«Sarebbe *elficamente* favoloso» aggiunge Audrey.

«O veramente *elfinato*.» Meglio non usare la parola incasinato davanti ai bambini.

Ridiamo tutte e tre. È divertente avere uno scherzo che capiamo solo noi. Da ragazza non mi capitava spesso.

«Si sono smagliate le calze durante il balletto» dice Audrey, correndo sul retro della mensa, dove ci sono i bagni. Vuole essere sempre in ordine e coperta in modo modesto.

«Io vado in giro a offrire di fare le fotografie» dice Kayla. «Vieni con me?»

«Uhm...» Non riesco a distogliere gli occhi da Caleb che si sta avvicinando a me, fissandomi con un sorrisino sulle labbra.

«Vedo che potresti avere da fare» dice Kayla, stringendomi il braccio. «Divertiti.»

«Grazie. Ci vediamo più tardi.» Mi ricordo un po' in ritardo quanto sono ridicola e mi agito, accidentalmente attirando ancora più attenzione su di me con le scarpe scampanellanti.

«Ciao, elfo» dice Caleb con calore.

Le mie guance diventano rosse. «Sono ridicola.»

«Mi sembravi perfettamente a tuo agio mentre ballavi con Audrey e Kayla. Bello slancio di gamba, tra parentesi.»

Mi metto i capelli dietro le orecchie e sento le orecchie a punta di feltro. «Per un po' ho dimenticato di sentirmi in imbarazzo per come sono vestita. I bambini si stavano divertendo troppo.»

«Ehi, non eri tu. Eri un elfo. Hai detto a Babbo Natale che cosa vuoi per Natale?»

Rido. «No, solo bambini in braccio a Babbo Natale. Li guidavo dal grand'uomo e regalavo album da colorare.»

Mi prende entrambe le mani. «Più tardi mi dirai che cosa desideri.»

Mi rendo conto che sta pensando a Natale, cui manca solo una settimana. «Non mi devi prendere un regalo.»

«Lo stesso vale per te.» Si china verso il mio orecchio. «Inoltre sei il miglior regalo che avrei potuto desiderare.»

Lo fisso, senza parole. Quasi mi si chiude la gola per l'emozione. Non ho mai pensato che un uomo potesse aprirmi il suo cuore in questo modo. E sicuramente non mi sono mai aspettata di provare così tanto e così presto.

Caleb diventa serio. «Solo nel caso che io non rappresenti lo stesso per te, sarà meglio che ti prenda un regalo.»

«Oh, no, è lo stesso per me.»

Ci guardiamo negli occhi per un lungo, intenso momento. Il suono di *Rudolph the Red-Nosed Raindeer* svanisce insieme al suono della folla, in questo momento ci siamo solo io e Caleb.

Mi dà un bacio veloce sulla guancia. «Puoi tenere il costume ancora per un po'?»

Sorrido. «Hai una segreta fantasia elfica?»

Lui mi dà una lunga occhiata d'apprezzamento. «Adesso sì.»

Scuoto la testa. «Vado a cambiarmi, pazzoide.» Mi dirigo verso i bagni della mensa.

«Pensaci!» mi dice mentre mi allontano.

Mi allontano scampanellando allegramente.

## Caleb

Le cose si stanno scaldando nel comitato per il Festival d'Inverno e non intendo solo perché mancano solo quattro settimane. Max è incollato al fianco di Sloane mentre elaborano i particolari dell'incoronazione e della parata verso il ballo. Audrey è dal lato opposto del tavolo rispetto a Max e immagino che sia di proposito. Non dovrei permettere che mi infastidisca tanto che Sloane sia così legata a Max. Finiscono uno le frasi dell'altra e ridono di cose che capiscono solo loro. Mi consolo pensando che sono io quello con cui Sloane ha passato la maggior parte del tempo nelle ultime settimane. Ci incontriamo regolarmente per la cena, e mi ha perfino invitato a cena con suo padre, a casa loro. Significa che ci sta prendendo sul serio.

Sono dall'altra parte di Sloane e aspetto che mi presti attenzione. Ho accettato di aiutarla a progettare il ballo. Non che io sappia molto di balli, ma sono in grado come chiunque altro di fare le telefonate ai fornitori. La mia agenda è flessibile, anche se imprevedibile, tra il mio lavoro al dojo e i servizi fotografici.

Jenna, la signora Peabody, Nicholas e Audrey stanno parlando delle attività al coperto da aggiungere al festival, incluso il concorso di abilità per cani, cui farò sicuramente partecipare Huckleberry. Vincerà un mucchio di premi: per il più intelligente, il più atletico, il mantello migliore. Huckle-berry non può perdere.

Finalmente Sloane si rivolge a me. «Penso che abbiamo definito la logistica. Max ha offerto un camion con il pianale e il suo pick-up in modo che una volta decorati possano portare la corte reale dal luogo dell'incoronazione al ballo. Non è favoloso?»

Max tira indietro le spalle, gonfiando il petto. «La vostra carrozza vi attende, milady.»

Sloane gli dà uno spintone. «Non è la *mia* carrozza. È di chiunque sarà incoronata regina.»

«Dovresti essere tu» dichiariamo contemporaneamente Max e io.

Lo guardo storto.

Lui alza una spalla con indifferenza. «Siamo d'accordo. Sloane è una regina.»

Sloane ci guarda con la fronte aggrottata. «*No.* Comunque, Caleb, dobbiamo trovare un servizio di catering che abbia prezzi ragionevoli.»

«L'Horseman Inn contribuisce sempre fornendo del cibo al festival. Potrei controllare se sono disposti a farlo.»

Max alza un dito. «Oppure... Potremmo usare il servizio di catering del Bell. Non sono organizzati per farlo? È il posto dove si terrà il ballo e viene affittato spesso per degli eventi.»

«Sono molto costosi» dice Sloane. «Li ho convinti a lasciarci usare lo spazio senza usare il loro servizio di catering perché è un evento di beneficenza.»

«Parlerò io con loro» dice Max. «Potrei essere in grado di convincerli a farci un prezzo di favore offrendomi di proget-tare i giardini per loro. Quel posto avrebbe bisogno di moder-nizzarsi, specialmente il viale anteriore.»

«Lo faresti?» esclama Sloane. «Sarebbe perfetto.»

Posso batterlo. «Se non dovesse funzionare, sono sicuro che potrei convincere l'Horseman Inn. Il nuovo chef, Spencer, è veramente brillante.»

«Certo, grazie, Caleb» dice distrattamente Sloane. Continua a controllare la lista che ha sul telefono, assegnando i compiti a me e a Max. Quasi tutti i compiti richiedono che ci si consulti con lei e significa che parleranno un mucchio. E lo vede anche al lavoro.

«Hai un sacco da fare» dico a Max. «Forse dovresti dividere il carico di lavoro.»

«Con te?» C'è una punta di acidità nella sua voce.

Sloane guarda Max e poi me con un'espressione preoccupata. Non ho intenzione di prenderlo a cazzotti, solo di tenerlo al suo posto.

«Con me, Audrey, chiunque altro» dico in tono calmo e tranquillo.

Audrey si volta sentendo il suo nome. «Io sono già sovraccarica.»

«Non mi dispiace aiutarti. Non c'è una tempesta di neve da parecchio tempo, quindi non c'è molto lavoro.»

«Va bene» dice Sloane in tono monocorde.

«Non essere troppo orgogliosa per chiedere aiuto» abbaia la signora Ellis. Il generale è un'insegnante di terza elementare in pensione, nota perché abbaia i suoi comandi. «Max, è gentile da parte tua. Sapevo che includerti era una buona idea. Ora voi due andate nella zona studio e decidete un'equa distribuzione del carico di lavoro.»

Max si alza e indica la porta ad Audrey perché lo preceda.

Audrey lancia a Jenna un'occhiata che dice *salvami*.

Jenna sorride. «Audrey, a me servirebbe un aiuto. So quanto sei occupata ad aiutarmi a organizzare il matrimonio, il Festival d'Inverno, a gestire il Club del Libro e a dirigere la biblioteca.»

Audrey borbotta qualcosa sottovoce, prende il telefono e il taccuino ed esce dalla stanza. Max la segue. Riesco a vederli attraverso la parete di vetro della sala riunioni.

Audrey è seduta al lungo tavolo e Max è seduto sul tavolo, proprio accanto a lei che lo sta guardando con gli occhi fiammeggianti e dicendogli qualcosa. Probabilmente di prendere una sedia. Lui volta una sedia e si siede a cavalcioni, proprio di fronte a lei.

«Giuro che se non dessi una spintarella a questi giovani

nessuno rischierebbe mai di innamorarsi» dichiara la signora Ellis.

Ridono tutti.

«Sono seria» dice. «Ho dovuto dare una spintarella ad Harper, poi a Sydney, poi Jenna e adesso Audrey. Max è una brava persona e ha la sua impresa.»

«Forse qualcuno dovrebbe dare una spintarella a te, Joan» dice Nicholas, guardandola con calore.

Reprimo una risata. Babbo Natale ci sta provando con il Generale?

La signora Ellis si liscia i capelli corti. «Stupidaggini, mio marito è morto. Quella parte della mia vita è finita. Ora torniamo al lavoro.»

Mi chino verso Sloane. «Non ha dovuto darti una spinta. Mi sei caduta tra le braccia.»

«Ah!» risponde Sloane. «Mi hai dato la caccia senza sosta.»

«Non rimpiango niente.»

Ci scambiamo un sorriso segreto che dice che ci stiamo innamorando. Io lo sono già e penso che ci stia arrivando anche lei. Se solo andasse d'accordo con la parte della mia vita in cui faccio il modello, tutto sarebbe perfetto. Il mio agente sta vagliando diverse offerte redditizie dopo la campagna per la Cali Pop. Sono già uscite alcune delle loro pubblicità online e stanno avendo successo. Voglio quella vita e anche quella qui, a Summerdale. Finora le ho gestite entrambe, ma mai con una relazione seria.

Mi sento stringere lo stomaco. Sloane ha messo radici qui e ha chiarito che non si sente a suo agio in quel mondo. La capisco, ma per me esplorare nuove opportunità potrebbe essere un'ottima cosa. Prima o poi dovrò scegliere: inseguire il mio grande sogno o la ragazza dei miei sogni. Non riesco a vedere un modo per averli entrambi.

Ci penserò quando arriverà il momento. Per ora sono qui e le cose con Sloane vanno alla grande.

La riunione finisce. Sloane passa un bel po' di tempo in un angolo a parlare con Jenna, con le teste chine vicine e le voci basse. Sembra quasi che stiano covando un piano segreto. Ah! Probabilmente stanno solo parlando del matrimonio di Jenna.

Almeno lo spero. Si sa che Jenna non è estranea a qualche piccolo complotto. E che cos'hanno in comune Jenna e Sloane? Me.

## 14

*Sloane*

Non sono mai stata a un matrimonio a casa di qualcuno. È la vigilia di Capodanno e siamo nella grande casa di Wyatt e Sydney per il matrimonio di Jenna ed Eli. Il soggiorno è stato svuotato dai mobili. Sono seduta su una sedia imbottita in una delle file ai lati del tappeto rosso. Davanti, un arco di fiori di seta di fronte al camino per gli sposi e i testimoni. Dal soffitto pendono festoni di lucine scintillanti che illuminano la stanza di luce soffusa. Sono quasi le sette di sera e fuori è già buio.

Jenna ha sua sorella, Eve, come damigella d'onore. Eli ha Caleb come testimone. Sono i più giovani della famiglia Robinson e sono molto uniti. Condividevano una stanza crescendo e, per un po', hanno anche diviso una casa da adulti. Eli e Caleb sono accanto all'arco di fiori e parlano a voce bassa con l'officiante, il sindaco Levi Appleton. Caleb è stato un po' distante negli ultimi giorni, ma immagino sia stato distratto dai preparativi per il matrimonio.

Stiamo tutti aspettando che Jenna ed Eve camminino lungo il corridoio. Ci sono quattro cani qui oggi: i due di Wyatt e Sydney e i due di Jenna ed Eli. Mocha, il pitbull maschio, indossa un cravattino nero mentre le tre ragazze, una pitbull di razza, una meticcia di pitbull e la shi tzu, li hanno rosa. Sydney li tiene al guinzaglio alla fine del corridoio tra le sedie. I cani sono sdraiati con dei giocattoli da masticare per tenerli occupati.

Mi rivolgo a Kayla. «È tutto molto bello. Penso che Jenna abbia avuto una buona idea facendo una cerimonia intima.»

«Stavo pensando la stessa cosa» dice. «Io sto organizzando un matrimonio in grande per me e Adam, in giugno, ma capisco che anche così sarebbe piacevole. È quasi come una fuga d'amore, ma con tutti i suoi amici più cari.»

Guardo Caleb, così bello nel suo smoking. La sua indole allegra si vede in ognuna delle sue espressioni. Ci saremo noi lì un giorno? Sarà l'inizio di una nuova tradizione della famiglia Robinson?

«Le mie sorelle domani visiteranno delle proprietà a Summerdale» mi confida Kayla.

«Vogliono trasferirsi qui insieme?»

«Stanno prendendo in considerazione di aprire un Bed & Breakfast. Brooke è un architetto e Paige è un agente immobiliare che lavora troppo a New York. A entrambe questo posto piace e sarebbe un buon investimento. Shh, non dirlo a nessuno. Stanno ancora cercando di capire se funzionerebbe.»

«Se decideranno di farlo, posso raccomandare un'impresa di giardinaggio, Max Bellamy.» Le mando un messaggio con le sue coordinate e l'indirizzo del suo sito web.

«Perfetto» dice. «Spero che funzioni. Wyatt sta cercando da un po' di farci trasferire tutte e Summerdale. Ce l'ha fatta con me, anche se ovviamente gran parte del merito è di Adam. È Wyatt che ha parlato loro della proprietà. È una vecchia fattoria. Sapeva che Brooke ne avrebbe visto il potenziale di ammodernamento e Paige è pronta a prendersi una pausa dalla costante frenesia del suo lavoro. La mamma dice che non vuole trasferirsi ma che le piacerebbe essere la loro prima ospite. Sarebbe così bello avere tutta la mia famiglia vicina, specialmente quando Adam e io cominceremo a formare la nostra famiglia.»

«Tienimi informata.»

Lei sorride e mi stringe il braccio.

Proprio in quel momento comincia la musica ed Eve cammina lungo il corridoio a passo lento. Assomiglia a Jenna, è alta e bionda anche se i suoi lineamenti sembrano più affilati. Indossa un abito color lavanda pallido, ornato di satin e pizzo e ha in mano un bouquet di rose bianche.

Si voltano tutti a guardare Jenna. È stupenda con un abito senza maniche con le perline sul corpino che catturano la luce. Ha un velo sulla testa ma riesco ugualmente a vedere il suo enorme sorriso attraverso il tessuto sottile mentre cammina aggraziata lungo il corridoio.

Levi saluta tutti e poi Sydney si avvicina a lui per leggere una poesia. Poi segue Audrey. Sono entrambe poesie che parlano d'amore. Non le ho mai sentite prima, dato che le poesie non mi appassionano, ma sembravano perfette per l'occasione.

Li osservo mentre Levi li guida per recitare i loro voti. Sia Eli sia Jenna stanno sbattendo le palpebre per ricacciare le lacrime. L'emozione mi chiude la gola e sto quasi per piangere anch'io, poi Caleb attira la mia attenzione e riprendo il controllo. Ammicca, come se sapessi che sono vicinissima alle lacrime. È tutto così bello. L'amore tra loro due, la gioia che emanano, il fatto che stiano giurando di stare insieme per sempre. Scommetto che avranno bambini bellissimi. Voglio anch'io dei bambini. *Sniff.*

«Vi dichiaro marito e moglie» dice Levi. «Puoi baciare la sposa.»

Eli prende il volto di Jenna con entrambe le mani e le dà un bacio. Applaudono tutti e i cani lasciano cadere i loro giocattoli per abbaiare anche loro.

Dato che siamo in una casa, Jenna ed Eli si limitano a camminare lungo il corridoio formato dalle file di sedie e si fermano dall'altra parte della stanza a brindare con lo champagne che li stava aspettando e ad accettare le congratulazioni. Caleb, Drew e Adam tolgono in fretta le sedie, mettendole in una dépendance, e riportano dentro i mobili. È l'ora del ricevimento.

E ho la possibilità di salutare il nuovo anno con la grande famiglia felice di Caleb, che sembra sempre di più mia.

Caleb si avvicina e mi abbraccia. Parla vicino al mio orecchio. «Un giorno, tesoro.»

Non lo nego più e restituisco l'abbraccio. L'idea non mi spaventa più. Mi riempie solo di speranza per il futuro.

## Caleb

Il giorno di Capodanno, Sloane corre a casa in fretta dopo aver passato la notte con me e poi mi manda un messaggio con una richiesta insolita. Vuole che ci incontriamo a casa di Wyatt per le undici del mattino e di portare Huckleberry per festeggiare il Capodanno con i cani. *Strano*. Wyatt non aveva detto niente quando eravamo a casa sua ieri per il matrimonio di Jenna.

Arrivo a casa di Wyatt e Sydney in cima alla collina. È un posto elegante che risale agli anni Venti, con il rivestimento di legno grigio e un faro grigio di fianco. Sulla terraferma, è questa la cosa divertente. In effetti è una torre idrica, camuffata da faro. Ci sono già un bel po' di auto.

Suono il campanello e viene ad aprire mia sorella Sydney. Ha la shi tzu bianca, Palla di Neve, sottobraccio e, di fianco, la sua meticcia di pitbull, Rexie, che abbaia. Huckleberry ringhia in fondo alla gola.

«Ciao! Entra!» urla sopra il frastuono. Arretra e dice ai cani: «Giù!».

Si calmano, dimenando la coda e annusano Huckleberry. Si sono già conosciuti. È semplicemente la loro routine "c'è qualcuno alla porta".

«Che succede? Ci sono un bel po' di auto. Sloane ha detto alle undici e mi sembra di essere in ritardo per la festa.»

«Da questa parte» dice Sydney voltando la testa e indicandomi di seguirla.

Mi tolgo la giacca, lasciandola sull'attaccapanni accanto

alla porta e mi dirigo nella direzione del rumore. Devono essere nel soggiorno che prende tutta la parte posteriore della casa. È un bel locale, con molte finestre a tutta altezza che guardano su un cortile posteriore che finisce nei boschi.

Mi fermo davanti all'ingresso della stanza e resto a bocca aperta. Non ci sono mobili e la stanza è piena di gente e cani.

«Sorpresa!» esclama Sloane.

Mi strofino la guancia. «Non riesco a crederci.»

Lei saltella verso di me e mi abbraccia. «Sei contento? Volevo fare qualcosa di speciale per te.»

Sbatto le palpebre un paio di volte. Ancora sotto shock. C'è Dmitrij, il fotografo lo stesso sfondo e la stessa attrezzatura che abbiamo usato per il catalogo. Ci sono i miei fratelli, Drew, Adam ed Eli, ciascuno con un cane. Drew ha in mano il guinzaglio del cane di Eli, Mocha. Eli ha quello dell'altro loro cane, Lucy. C'è mio cognato Wyatt, Max, il sindaco Levi, Spencer, lo chef dell'Horseman Inn e il veterinario, il dottor Russo. Ci sono anche le mogli e le fidanzate. Immagino di avere avuto fortuna perché Jenna ed Eli non partiranno fino a domani per la luna di miele.

«Completeremo il calendario con la gente del posto» dice Sloane. «Ho trovato otto uomini disposti a posare con un cane.»

Si avvicina il dottor Russo. «Ho portato qualche altro cane dal rifugio per Max, Levi e Spencer in modo che possano posare. Non so come ringraziarti per la raccolta fondi per allargare il rifugio. Ci arriveremo, con l'aiuto di gente come te.»

Mi si riempiono gli occhi di lacrime. Per tutto questo tempo ho pensato che i miei fratelli e anche la gente del posto non avessero una grande opinione di quello che faccio. Credevo pensassero che ero solo una bella faccia, senza sostanza, ma sono disposti ad aiutarmi.

Allargo le braccia. «Grazie per essere venuti, tutti. Lo apprezzo veramente.»

«La tua donna ci ha raccontato quanto sia importante per te» dice Wyatt.

Metto un braccio intorno alla vita di Sloane. La mia donna. «Ha ragione. È per una buona causa. Devo avvertirvi, abbiamo già quattro mesi coperti da... uhm... modelli a torso nudo che posano con i loro cani, ma...»

Gli uomini si tolgono le maglie. Beh, è stato facile. Le donne applaudono, eccitando i cani che cominciano a correre per la stanza. Tutti, tranne il Boston Terrier del dottor Russo, che resta semplicemente lì sdraiato, alzando un orecchio.

«Prendete i guinzagli. Non lasciate che si eccitino troppo.»

È un caos, con tutti che corrono in direzioni diverse, con i guinzagli che volano dietro i cani. Sloane rincorre Huckleberry. Che sta saltando giocosamente in mezzo ai cani. Il dottor Russo interviene tirando fuori un contenitore di biscotti, agitandolo e facendo un fischio acuto. Presto i cani sono seduti in fila ad aspettare la loro ricompensa.

Jenna comincia a spruzzare gli uomini con l'olio per bambini. Sydney si avvicina con il trucco, che nessuno vuole. Va bene così, ci penserà Dmitrij a correggere le foto.

Vado da Dmitrij e gli do una pacca sulla schiena. «Grazie per essere venuto fin qua, amico.»

Lui sorride. «Non avevamo finito il lavoro. Devo sempre vederlo finito.»

«Comunque pagherò io la tua parcella.»

«Già fatto.»

«Sloane?»

«Chi altro?»

Guardo Sloane che mi sta sorridendo con gli occhi color ambra che scintillano.

Vado da lei e la bacio.

Lei sorride. «Almeno questa volta ci sono più persone a occuparsi dei cani e non solo io.»

Mi chino verso il suo orecchio. «Ti rimborserò quello che hai pagato per Dmitrij. So che non è a buon mercato.»

Lei scuote la testa. «Posso permettermelo. Vivo a casa da mesi. Niente spese.»

Immagino che non guadagni molto come meccanico, ma

non ho intenzione di rifiutare il suo regalo. Farò io qualcosa di carino per lei.

Dmitrij chiama il primo volontario e si fa avanti Drew, con Mocha al guinzaglio.

Sloane e io osserviamo, io con il braccio intorno alle sue spalle e lei con il suo intorno alla mia vita. Ho una piccola preoccupazione che mi frulla nel cervello. Sono contento che Sloane abbia tutto quello che desidera qui a Summerdale. Il problema è che non sono sicuro di averlo io. Non gliel'ho ancora detto ma ho dato l'ok al mio agente per una campagna importante che comincerà a fine mese. Mi porterà lontano da casa per parecchi impegni come ambasciatore per il loro marchio. Devo fare in modo che Sloane accetti. Voglio tutto, pur sapendo che potrebbe non essere ciò che vuole lei. Ci dev'essere un modo per farlo funzionare, no? Non riesco a sopportare il pensiero di perderla.

Drew posa con Mocha sulle spalle, le braccia alzate per flettere i bicipiti, il torace muscoloso con gli addominali ben in vista. Si mantiene in forma. Non è il tipo che sorride molto, ma, quando tutte le donne impazziscono e fischiano, sulle labbra ha un sorrisino.

«Sì!» esclama Dmitrij. «Mi piace.»

Per non essere da meno, Eli fa fare al suo cane, Lucy, il trucco in cui gli salta in braccio quando la chiama. Lui ride e lei gli lecca la faccia.

Dmitrij impazzisce, scattando una foto dopo l'altra. Tutti stanno ridendo e divertendosi.

Adam è più riservato e va bene, perché il suo bulldog inglese, Tank, è un cane pigro che vuole solo restare sdraiato con la testa sulle zampe. Kayla corre da lui con un pezzo di bacon che ha portato apposta e riesce a convincere Tank a sedersi. Adam si siede accanto a lui e gli mette il braccio attorno. Dmitrij scatta una fotografia in cui i due si guardano da vicino. È uno scatto favoloso.

Spencer, lo chef con i capelli castani corti e un sorriso avvincente, si lascia coinvolgere e flette i bicipiti accanto al segugio fulvo che gli è stato assegnato. Il cane gli salta addosso e gli lecca il bicipite. Spero che Dmitrij lo abbia colto. Gli altri uomini sono più riservati. Dmitrij deve invogliarli a flettere un muscolo. Le donne li incoraggiano e sembrano rilassarsi un po', recitando per la macchina fotografica.

Wyatt va per ultimo e sembra pronto, flettendo i muscoli e sorridendo sornione. L'unico problema è che Palla di Neve, essendo piccola e carina la shi tzu, sembra contrastare un po' con tutto il testosterone che emana Wyatt. Sembra veramente una strana coppia.

Dmitrij lo incoraggia mentre il resto di noi cerca di non ridere, scambiandosi occhiate divertite.

Wyatt finalmente lo nota. «Che c'è?»

«Niente, baby» dice Sydney. «Sei sexy, continua.»

Lui aggrotta la fronte. «So che sono sexy. Dove sono i fischi per me?»

Sydney indica alle donne di imitarla mentre fischia e batte le mani per lui.

«Così va meglio» dice Wyatt. Solleva Palla di Neve in modo che si guardino negli occhi. La cagnolina ha la occa aperta e sembra che gli stia sorridendo. Anche Wyatt le sorride. «I suoi denti non sono favolosi?» Dmitrij scatta la fotografia. Cane e padrone che si sorridono.

Sydney ci fa sapere che Wyatt spazzola i denti di Palla di Neve tutte le sere.

«Anche quelli di Rexie» dice lui. «L'igiene dentale è importante anche per i cani, specialmente per gli shi tzu, per via del prognatismo.»

Sydney sorride. «Come ha detto lui.»

Faccio il giro, ringraziando gli uomini per il loro aiuto.

«Accidenti, è stato faticoso» dice Adam. «Sembrava ci volesse un secolo per ottenere la foto che voleva e per tutto il tempo dovevo fingere di divertirmi.»

Rido e gli do un abbraccio fraterno. «So che non è roba per te e apprezzo che l'abbia fatto. In effetti ci hai messo solo venti minuti. Io ho avuto sedute fotografiche di dodici ore.»

Adam mi dà una pacca sulla spalla. «Meglio tu di me. Non mi rendevo conto di quanto fosse faticoso. Pensavo sinceramente che fosse solo uno scatto veloce e poi te ne andavi a casa.» Indica tutta l'attrezzatura. «Illuminazione, sfondi, posare.»

È una bella sensazione sentirsi capiti. «Di solito c'è il parrucchiere, il trucco e il guardaroba. È tutto un insieme. Nelle fotografie appare tutto naturale, come se fossimo appena usciti in strada, ma c'è un'intera squadra alle spalle.»

Drew mi arruffa i capelli. «Come mai non hai posato?»

«Dmitrij ha già le mie foto dalla prima volta in cui avevo organizzato il servizio. Siamo pronti a partire.»

«Allora che cosa ci fa qui Huckleberry?» mi chiede.

Mi guardo attorno e non lo vedo. «Non lo so. Sarà meglio che vada a controllare.»

Faccio il giro della casa, arrivando al salone formale sul davanti. Nell'angolo c'è un albero di Natale. Sloane è seduta a gambe incrociare sul pavimento davanti con Huckleberry. Dmitrij è accucciato davanti a loro e sta scattando fotografie. Immagino che Sloane volesse una foto con il cane.

Lei mi sorride. «Per metterla con la tua collezione di fotografie di Natale.» Intende dire le fotografie della mia famiglia davanti all'albero di Natale. Vuole far parte della mia famiglia. Sento una stretta al petto.

«Sloane tesoro, che pensiero gentile.»

«Unisciti a noi.»

Mi siedo accanto a lei e le metto intorno un braccio, con un enorme sorriso sul volto, già immaginando questa fotografia come l'inizio della nostra tradizione natalizia. Mi sento invadere dal calore a quel pensiero. Io, Sloane e Huckleberry. E, spero, qualche bambino più avanti.

Dmitrij fa qualche altra fotografia e poi offre la mano a Sloane, aiutandola ad alzarsi. Mi alzo anch'io, accarezzando Huckleberry per ringraziarlo di essere stato così bravo.

«Non mi stanco mai di fotografarti» dici Dmitrij a Sloane. «Andrai con Caleb alle Fiji?»

Sloane volta di colpo la testa verso di me. Mi sento stringere lo stomaco. Non volevo che lo scoprisse così. Volevo trovare il momento più opportuno per dirglielo, sperando che non significasse la fine per noi. Per me le Fiji sono solo l'inizio.

Dmitrij continua. «Io ci sarò. Saresti favolosa su uno sfondo tropicale. Spiagge di sabbia bianca, acqua turchese, con i tuoi capelli scuri e la pelle avorio. Quegli occhi.» Sembra che sia mezzo innamorato di lei. Amore da fotografo.

«Uhm. Non gliel'avevo ancora detto.»

«Vai alle Fiji? Per che cosa?» mi chiede Sloane.

Dmitrij si tira indietro. «Vado a raccogliere la mia roba. Scusami per aver vuotato il sacco.»

Gli stringo la spalla e mi volto a guardare Sloane, tenendo un tono di voce tranquillo. Non è così che volevo andasse la conversazione, ma oramai ci siamo, quindi devo affrontarlo. «Se potessimo parlarne, potremmo farlo funzionare.»

«Parlarne?»

«Avevo intenzione di dirtelo. Ho ricevuto cinque offerte per campagne importanti e il mio agente mi ha fatto pressioni per farmi accettare il lavoro alle Fiji. Immagino che preferissi non parlartene perché la mia carriera sta esplodendo di colpo e so che non ti senti a tuo agio in quel mondo.»

C'è un'espressione ferita nei suoi occhi. «Sono felice per te. Pensavo solo che me lo avresti detto. Da quanto tempo lo sai?»

«Due settimane. Stavo valutando le varie offerte e ho detto al mio agente due giorni fa che avrei accettato il lavoro alle Fiji. È per un profumo dello stilista Rafael. Spot pubblicitari, riviste, campagne su internet. Le riprese cominceranno solo a fine gennaio.» Faccio un respiro profondo. «Sarei contento se venissi anche tu.»

Lei fissa il pavimento. «Non capisco perché me l'hai tenuto nascosto.» Mi guarda negli occhi. «L'hai detto a Dmitrij. Ovviamente sapevo che cerchi di ottenere nuovi ingaggi.»

Soffio fuori il fiato. «Immagino di aver pensato che non l'avresti presa bene. C'è di più. Le Fiji sono solo l'inizio. Dovrei rappresentare il marchio alla settimana della moda di Parigi. C'è la possibilità che diventi il loro rappresentante con un contratto di tre anni.» Nascondo un sorriso. È una prospettiva eccitante. Un affare enorme per un modello.

«Porca paletta.»

«Già.»

«Quindi viaggerai moltissimo.»

«È possibile, se le cose andranno come spero.»

Lei si mordicchia il labbro. «Io mi sono impegnata a restare a Summerdale. Finalmente sento di avere un gruppo di amiche. Sono coinvolta nella comunità. Faccio il lavoro che amo nell'officina di mio padre. Non voglio ostacolarti, Caleb.» Espira bruscamente. «Sembra che non vogliamo le stesse cose.»

Sento lo stomaco che si ribalta lentamente. Non ho ancora le risposte su che cosa fare per funzionare insieme. Speravo le avesse lei. «Voglio quello che vuoi tu. Prima o poi.»

«Quando?»

«Quando non sarò più spendibile sul mercato. Non so quando sarà.»

Sloane stringe le labbra. «Quando sarai un uomo qualsiasi. Cosa che non sarai mai.»

«Vuoi che mi scusi per il mio aspetto?» dico sulla difensiva. «Mi prendo cura di me e tu... Tu sei bella.»

«Smettila.»

Allungo la mano per appoggiargliela sulla guancia, ma lei si tira indietro. «Sono serio.»

«E io sono seria quando dico che non mi servono le tue belle parole. Sono stata ossessionata per molto tempo dal mio aspetto, o dal fatto di non essere bella, e adesso sono a mio agio nella mia pelle. L'aspetto fisico è solo una parte di una persona. Per te quella parte vende e va bene così. Ti auguro ogni bene.» La sua voce si spezza.

Mi sento male. «Che cosa significa che mi auguri ogni bene?»

Lei resta in silenzio.

Quasi non riesco a parlare per il groppo che ho in gola. «Stai rompendo con me?»

Lei sbatte rapidamente gli occhi che si stanno riempiendo

di lacrime. «Penso che sappiamo entrambi che stiamo andando in due direzioni diverse. Tu dovresti avere la possibilità di andare e divertirti.»

«Che cosa significa? Pensi che sia interessato alle altre modelle? Sono interessato... No, non è solo quello... Sloane, io ti amo.»

«Ti amo anch'io!» grida. «Ma non lo vedi? È questo l'amore. Permettere all'altra persona di essere quello che vuole. Ti sto dando la tua libertà. Sono sicura che avrai un enorme successo.»

«Stronzate. Non è quello che voglio.»

Sloane si asciuga le lacrime dalle guance. «Chiediti perché non mi hai parlato della tua grande notizia per due settimane. Non è perché non passiamo molto tempo insieme. Ci sono state tante occasioni per dirmi qualcosa, ma non l'hai fatto perché le nostre strade si stanno dividendo.»

Sono teso come una corda di violino, ho lo stomaco stretto in un nodo. *Ha ragione? Non riuscivo a trovare una soluzione forse perché non c'è.*

Sloane resta lì e mi fissa per un lungo momento, con gli occhi che brillano ancora di lacrime.

«Sloane.»

«Addio Caleb» dice a bassa voce.

La guardo uscire, portandosi via il mio cuore. No, non è possibile. Dopo il grande gesto col quale ha riunito i miei due mondi, ha spezzato la parte più importante del mio mondo: noi.

Faccio per seguirla e poi mi fermo, ficcando una mano tra i capelli. Io sono lanciato verso una carriera da globe-trotter mentre lei è legata Summerdale. Le nostre strade *si stanno* dividendo, come ha detto lei. Non voglio ferirla, continuando con un sacco di avanti e indietro: insieme, divisi, insieme, divisi.

Ho gli occhi che bruciano per le lacrime, il petto stretto in una morsa. Se l'amore fosse facile come il primo colpo di fulmine!

## 15

*Sloane*

Sono passati due giorni da quando Caleb e io ci siamo amichevolmente lasciati. Tutto considerato, penso che abbiamo trattato la cosa in modo maturo. Se solo non mi sentissi completamente e assolutamente distrutta. Arrivo al lavoro lunedì e scopro che mio padre non è ancora arrivato. Max ha la giornata libera. Doveva rifornirsi di salgemma e sabbia da spargere dopo aver spalato la neve. Hanno previsto un'altra nevicata a breve termine dalle nostre parti.

Papà probabilmente è andato a prendere le ciambelle da Jenna. Ci va regolarmente il lunedì, per cominciare bene la settimana. Non mi dispiacerebbe affogare le mie pene in bontà zuccherine. Sospiro e mi metto a lavorare, sperando di perdermici. C'è una Cadillac Coupe de Ville del 1978 che ha bisogno di freni nuovi. Mi chiedo di chi sia. Ha ancora la vernice originale di un pallido color smeraldo ed è in condizioni piuttosto buone. Guarderò più tardi, quando dovrò fare la fattura.

Metto in posizione l'auto per alzarla con il sollevatore idraulico. Ho appena finito quando sento il telefono dell'officina.

Immagino che papà non sia ancora tornato. Mi pulisco le

mani con uno straccio e vado in ufficio ma il telefono smette di suonare. Devo controllare la segreteria o lasciare che ci pensi papà più tardi? Può occuparsene lui. Io ho bisogno di una distrazione.

Un'ora dopo, finisco di montare i freni nuovi e abbasso l'auto. Accidenti, che silenzio c'è. Papà non è ancora arrivato?

Vado nel suo ufficio ma non è nemmeno lì. Sento un brivido percorrermi la schiena. Non è da lui. Lavora sodo, è affidabile e non perde mai un giorno di lavoro. L'unica volta in cui chiude l'officina è per le feste e lo aveva fatto quando mi sono laureata.

Prendo il telefono dalla tasca e guardo lo schermo. Era in silenzioso e ho perso una chiamata da un numero che non conosco. Ascolto la segreteria. «Salve, sono Deborah. Sono un'infermiera all'Eastman Hospital. Suo padre è stato ricoverato. Ci ha dato lui questo numero per contattarla.»

Prendo immediatamente la borsa e le chiavi dell'officina, chiudo tutto e corro all'auto. Esco a tutta velocità dal parcheggio. L'ospedale è a circa venti minuti di distanza. È stato ricoverato. Perché? Che cos'è successo? Avrei dovuto chiamare e chiedere, ma mi sembrava più importante arrivarci. Non può morire. È la mia roccia, l'unica persona su cui posso contare al mondo.

*Per favore, fa' che stia bene.*

Arrivo in ospedale e finisco per parcheggiare lontano. Il parcheggio è affollato. Corro a tutta velocità verso l'entrata e mi precipito in sala d'attesa.

Corro al bancone centrale. «Sono Sloane Murray. Mio padre è stato ricoverato. Ho bisogno di vederlo. Sta bene?»

L'infermiera, una brunetta sui cinquant'anni, mi guarda. «Rallenti. Mi ripeta, come si chiama?»

«Sloane Murray. Per favore, mio padre.» Picchietto il bancone. «Rob Murray. Robert Murray. Devo sapere se sta bene. Devo vederlo subito.»

Lei controlla il nome sul computer. «È nell'unità cardiaca. Mi lasci controllare se può ricevere visitatori.»

«Perché non dovrebbe essere possibile?»

Nella testa mi passano gli scenari peggiori. Unità cardiaca. Forse gli stanno applicando le piastre elettriche come si vede nei telefilm ambientanti nei Pronto Soccorso in TV o magari lo stanno preparando per un intervento. Mi sento stringere lo stomaco al pensiero che segue. Mio nonno, il padre di mio padre, è morto per un infarto prima dei cinquant'anni. Papà ha cinquantun anni. Non posso pensare al peggio. Sento una scarica di adrenalina. Sto per esplodere.

Lei appoggia il telefono. «I visitatori sono ammessi. Mi dia un documento di identità e le darò un pass da visitatore.»

Cinque strazianti minuti dopo, sto andando verso l'ascensore. Premo il bottone. *Dai, dai.* Qualche altro visitatore si unisce a me nell'attesa. Finalmente si aprono le porte ed entriamo tutti. Devo aspettare che si fermi al secondo e al terzo piano. Papà è al quarto. Appena si aprono le porte mi precipito fuori, cercando la sua stanza.

La trovo ed entro in una stanza con un uomo anziano. Vado avanti, cercando oltre la tenda. Vuoto. Non c'è nemmeno un letto.

*No, no, no.* Le lacrime mi offuscano la vista. *Dov'è? Che cosa c'è che non va?*

Un momento dopo appare un letto che viene spinto nella stanza. Mi sposto in fretta. È papà. Ha un tubo per l'ossigeno nel naso e una flebo nella mano.

«Sta tornando adesso da un test» dice l'infermiere. «L'ha superato alla grande.» L'infermiere è un tipo allegro che mi ricorda un po' Caleb con il suo taglio a spazzola. Vorrei che Caleb fosse qui con me.

«Sloane» dice papà con la voce debole.

Appena il suo letto è a posto e l'infermiere se ne va, lo abbraccio piano. «Papà, che cos'è successo?»

Papà mi mette una mano sulla testa. «Andrà tutto bene. Il medico dice che è stato un infarto leggero e che a questo punto non ho bisogno di interventi chirurgici. Mi prescriverà degli anticoagulanti. Quella è la buona notizia.»

Sento lo stomaco che si contrae. «Qual è la cattiva notizia?»

Papà fa una smorfia. «La dottoressa vuole che faccia esercizio e passi a una dieta sana.»

«Papà, oh mio Dio, mi hai spaventata a morte. Farai tutto quello che ti ordinerà il medico. Me ne assicurerò io. Scoprirò quello che ci vuole e provvederò.»

«Max è in officina?»

«Gli manderò subito un messaggio. Stava rientrando dopo aver ritirato le scorte per la tempesta in arrivo.»

Mando un messaggio a Max e gli faccio sapere che cosa sta succedendo. Mi promette di arrivare in officina entro un'ora. «Max sta andando in officina. Ci pensiamo noi, quindi ti puoi rilassare.»

Papà chiude gli occhi. «Bene.»

«Quando è successo? Sembrava stessi bene a casa questa mattina.»

Tiene gli occhi chiusi. «Mentre andavo a prendere le ciambelle. Ho sentito un dolore acuto al petto e mi sono fermato. Pensavo fosse bruciore di stomaco ma continuava a peggiorare, sudavo freddo, mi sentivo stordito. Sono riuscito a chiamare il 911. Poi in men che non si dica mi stavano portando qui in ambulanza. Una delle infermiere mi ha detto che si sarebbe messa in contatto con te.»

Scuoto la testa, con le lacrime che mi bruciano gli occhi. «Basta ciambelle. Ti rimetteremo in forma.»

Mi dà qualche colpetto sulla mano, poi si ferma. Osservo attentamente il suo petto. Sta ancora respirando. Si è solo addormentato.

Mi scendono le lacrime sulle guance e mi volto, guardando fuori dalla finestra. Non voglio che mi veda sconvolta. Avevo tanta paura di perderlo come lui aveva perso suo padre. È una di quelle volte in cui è difficile essere figlia unica, dover sopportare da sola il dolore. Max è occupato e so che le mie nuove amiche stanno lavorando. Mando un messaggio a Caleb dicendogli che cos'è successo e dove sono. È l'unico che voglio veramente, anche se ci siamo lasciati.

Mi si stringe la gola quando aggiungo. *Potresti venire in ospedale?* Gli do l'indirizzo e il numero della stanza.

Fisso il telefono, sperando che riceva il messaggio. Potrei chiamarlo. Appare un messaggio.

Caleb: *Sto arrivando.*

Mi porto la mano alla bocca, coprendo un singulto. Gli invio un veloce grazie e poi crollo sulla sedia vicina al letto. Osservo papà che dorme pacificamente dopo la sua tumultuosa mattinata. È sempre stato grande e grosso ma ha messo su peso invecchiando. Deve avere affaticato il cuore. O forse tutto quel cibo fritto gli ha intasato le arterie. A papà piacciono troppo le patatine fritte. Parlerò con il medico per avere tutti i particolari. Nel frattempo, devo solo farlo stare meglio.

Caleb arriva mezz'ora dopo. Mi alzo. Sono così grata che sia qui dopo la nostra rottura. Pensavo veramente di aver preso la decisione giusta per entrambi, ma ora tutto quello che voglio è aggrapparmi a lui e non lasciarlo più andare.

Caleb mi abbraccia, accarezzandomi la schiena. «Mi dispiace tanto. Starà bene, vero? Tu stai bene?»

Alzo la testa. «Sì a entrambe le domande.» Gli do i particolari.

I suoi occhi sono fissi nei miei. «Io potrei aiutarvi, so tutto sull'alimentazione e l'esercizio fisico.»

*Ma ci siamo lasciati.* «Non te lo posso chiedere.»

«Non c'è bisogno che lo chieda. Sarò felice di farlo. Partirò solo tra quattro settimane. C'è tutto il tempo che serve per rimetterlo in pista.»

Annuisco e poi scoppio in lacrime.

Lui mi tiene vicina. «Shh, andrà tutto bene. Vedrai, andrà tutto bene.»

Voglio credergli più di qualsiasi altra cosa al mondo. Quindi gli credo.

L'infermiere viene a controllare i parametri vitali di mio padre e lui si sveglia.

Gli sorrido. «Ciao, papà. Caleb è venuto a trovarti.»

«Salve» dice mio padre. «Sembra che abbia dormito per la maggior parte della tua visita.»

«Nessun problema» gli dice Caleb.

L'infermiere finisce e dice a mio padre che sta per finire il suo turno, ma che arriverà un altro infermiere, seguito dal medico.

Papà borbotta un okay. Appena l'infermiere esce mi dice: «In ospedale non ti lasciano mai riposare. Continuamente a bucarti e a controllare roba. Mi hanno controllato solo un'ora fa».

Sorrido perché sembra più il solito vecchio brontolone. «Allora il tuo lavoro è stare meglio in modo da poter uscire da qui.»

«Mi piacerebbe aiutarla» gli dice Caleb.

«Ha una laurea in scienze motorie e sa tutto della nutrizione» gli dico io.

«Carino da parte tua» gli risponde mio padre. «Ma non sarà necessario. Sono sicuro che starò bene con solo qualche modifica alla mia dieta.»

«Papà, per me significherebbe moltissimo se Caleb potesse aiutarti. Ovviamente dovrai lavorare con la squadra che c'è qui, ma una volta a casa saremo noi la tua squadra.»

Papà sospira. «Guardati, Sloane. Ragazzo locale, ragazzini del posto cui dare ripetizioni, colazioni con i pancake, Festival d'Inverno, manca qualcosa?»

«C'è anche la Serata delle Donne e Audrey sta cercando di convincermi a iscrivermi al Club del Libro.»

«Stai mettendo radici.» Chiude gli occhi. «E la tua carriera?»

Questo non è il momento di farlo agitare. «Sei stanco. Riposa.»

Mi siedo e tengo la mano di papà mentre dorme.

Caleb si sistema in una poltrona dall'altra parte della stanza.

«Non c'è bisogno che resti.»

«Certo che devo. È il mio cliente per la riabilitazione.»

Le lacrime mi bruciano gli occhi. «Grazie.»

Ho seriamente fatto un errore di calcolo troncando con Caleb, ma continuo a non sapere come potrebbe essere un futuro con lui.

Papà è a casa da quattro giorni oramai e sono contenta dei suoi progressi. Si è abituato alla nuova routine e sembra sempre più la persona che era prima. Caleb ha installato sul suo telefono un'app che lo monitora. Sono commossa per la sua premura. Ovviamente Caleb ha perso entrambi i genitori, sua madre per un incidente d'auto e suo padre per un cancro scoperto troppo tardi, quindi si è buttato sull'opportunità di indirizzare mio padre verso un modo di vivere più sano, che lo aiuterà a vivere più a lungo. A papà piace. Io sono segretamente contenta che mi faccia da cuscinetto. Penso che mio padre trovi più facile prendere ordini da Caleb. Il mio compito è accertarmi che li segua.

Ho rimosso dalla dispensa tutto il cibo che non va bene per lui. Via le patatine, i biscotti, le bevande gassate piene di zucchero, il gelato e una pila di pranzi surgelati che sembravano poco raccomandabili. È fondamentale assicurarsi che non si fermi a un fast food per cenare. Lui adora gli hamburger e le patatine fritte. Ho spedito a casa di Max le birre, sia quelle di mio padre sia quelle che tenevo per Max.

Preparo la cena, una delle ricette salutari che mi ha dato Caleb: bistecca scottata in padella con erbe e scarola.

Papà guarda il piatto. «La parte di bistecca mi piace. Che cos'è quella roba verde?»

«Scarola.»

«Sembra erbaccia.»

Mi siedo davanti a lui, con la mia porzione di cena. «Assomiglia al cavolo, ma è più interessante.»

«È una ricetta di Caleb?»

«Sì. Come credi che resti in quella forma strepitosa? Tra non molto sarai come lui, in forma e sano. Ricordi quello che ha detto? Tra un mese ritroverai un'energia che ti farà sentire dieci anni più giovane.»

Lui sbuffa. «Se anche fossi *trent'anni* più giovane, non sarei comunque come lui.»

Mi fa ridere. «Forse no. La cosa importante che tu sia in salute.»

Ci buttiamo sulla bistecca. È veramente buona, anche se me lo dico da sola.

Papà finisce la bistecca e fissa malinconico la scarola. «Ti ringrazio perché ti stai prendendo buona cura di me.»

«Dai, assaggiala. Ti assicuro che non è così male.»

Papà alza dubbioso un sopracciglio e prende una forchettata di scarola. «Ha un sapore migliore dell'erbaccia. C'è un qualche tipo di condimento?»

«Sono le erbe aromatiche.»

Finisce la verdura in pochi bocconi veloci, come se stesse tentando di toglierla di mezzo. Immagino che non lo appassioni.

«È sabato sera» dice. «Dovresti uscire.»

«Mi piace stare con te.»

«Mi stai addosso. Mi sento molto meglio.»

«Papà, sono passati solo cinque giorni da quando hai avuto l'infarto.»

«Era lieve. Guarderò il canale Turbo e mi rilasserò. Ho il tuo numero. So che ti piace stare con Caleb.» Il canale Turbo piace a entrambi, fanno vedere auto in continuazione.

«Sarà qui domani sera per preparare la cena domenicale. Posso restare e guardare la TV con te.»

«Vai, per favore.» Alza le sopracciglia. «Caleb mi piace.»

«Anche a me.»

Mangio un boccone di scarola, chiedendomi se sia un buon momento per dirgli che voglio restare qui a Summerdale e lavorare con lui, ma non lo so. Comunque, papà avrà sempre più bisogno di me man mano che invecchia. A un certo punto vorrà andare in pensione, giusto?

Appoggio la forchetta sul piatto. «Papà, ho una confessione da farti.»

Lui alza di colpo la testa. «Sei incinta.»

«No! Perché è la prima cosa che ti è venuta in mente?»

«Non lo so. Per il modo in cui ti guarda Caleb.» Mi agita un dito sulla faccia. «E viceversa.»

Mi schiarisco la voce. «Beh, non si tratta di quello. Allora, sai quanto mi piace lavorare in officina con te. È da tanto che mi voglio assumere più responsabilità, occuparmi del lato contabile oltre che delle riparazioni. Credo che potrei veramente esserti d'aiuto.»

«Certo che puoi. Non è quello il punto. Me la cavo bene da solo, o almeno sarà così quando potrò smettere questa vacanza forzata.»

Faccio un respiro profondo. «Non ho fatto domanda di lavoro da nessuna parte.»

Lui si blocca. «Nemmeno una?»

Scuto la testa. «Mi dispiace di averti ingannato. Che abbia o meno una laurea, quello che voglio è lavorare in officina. È la cosa che mi piace di più al mondo.»

Lui sospira. «Quindi a che cosa è servito il college?»

«È stato utile per imparare e allargare i miei orizzonti. Non lo rimpiango e posso sempre dare ripetizioni ai ragazzini del posto, come ho sempre fatto, ma il mio futuro è qui.»

Lui sospira, guardandomi.

Sto zitta. Non gli ho mai mentito. Anche se mi sembra di essermi tolta un enorme peso dalle spalle dopo aver finalmente ammesso la verità, so che non è contento della bugia né che voglia restare a lavorare con lui.

Beve la sua acqua, facendo una smorfia. «Sei sicura che non sia rimasta dell'aranciata in fondo alla dispensa?»

«Andata. Caleb dice che puoi aggiungere del limone. Ti piacerebbe?»

Papà appoggia il gomito sul tavolo e appoggia la testa sulla mano.

«Sei stanco. Dovresti tornare a letto.»

«Sto pensando» borbotta.

«Okay.»

Solleva la testa. «Per tutto questo tempo, mi dicevi che

non riuscivi a trovare un lavoro e io pensavo che fosse per la difficile situazione economica. Invece è perché non hai nemmeno tentato.»

«Ma ho tentato di dirti quanto mi piace lavorare con te.»

Lui sospira. «Non sono contento che mi abbia mentito, ma non posso dire di essere sorpreso. Hai continuato a ripetermi che volevi restare, ma non volevo ascoltarti. Non andrò mai in pensione, è un tipo di lavoro che fai finché muori.»

«Con me in officina potrai permetterti di andare in pensione. Mi assicurerò che la parte finanziaria sia in ordine e farò tutto il possibile per incrementare il lavoro.»

«Il lavoro c'è.»

«Se ne avessimo di più, potrei assumere altri meccanici. Non significherebbe più lavoro per te.»

Papà si raddrizza e si passa una mano tra i capelli. «E pensare che se non ti avessi portato al lavoro con me quando eri una ragazzina non sarebbe successo niente del genere.»

«Sono così contenta che tu l'abbia fatto.»

I suoi occhi si addolciscono. «So che sei brava e se sei sicura che sia quello che vuoi...»

«Sono sicura.»

Mi offre la mano. «Allora benvenuta a bordo, socia.»

Esulto. «Grazie, grazie, grazie!» Corro intorno al tavolo per abbracciarlo e baciarlo sulla guancia. «Non te ne pentirai.»

Papà sorride. «La mia ragazza. Il miglior meccanico al mondo.»

«Ho imparato dal migliore.»

«Ti voglio bene.»

«Ti voglio bene anch'io papà.» Torno a sedermi. «La mamma starebbe sbuffando. Ha sempre pensato che fossi strana perché lavoravo in officina.»

«Non faceva per lei.»

«Lo so, le interessavano di più le sfilate di bellezza, fare la modella. Sono stata una vera delusione per lei. Niente carriera, niente mamma.»

«Sloane, non penserai che sia per quello che se n'è andata, vero?»

Resto a bocca aperta per la sorpresa. «Beh, sì, è per quello e immagino che anche voi due aveste dei problemi.»

«Aveva incontrato qualcuno che pensava fosse l'amore della sua vita. Non aveva niente a che fare con te.»

Ho il cuore che batte forte e mi sembra di non riuscire a riprendere fiato. Mi sento stordita, la stanza comincia ad annebbiarsi davanti ai miei occhi. La mia carriera di modella era finita. Mia madre se n'era andata. Avevo collegato male i punti.

«Sloane, sei pallida. Respira.»

E per tutto questo tempo avevo pensato di averla profondamente delusa. Aveva detto che io ero l'unica ragione per cui era rimasta così a lungo.

Non era stato il mio fallimento che l'aveva fatta andare via. Possibile che sia vero?

Papà allunga la mano sul tavolo e afferra la mia. «Sloane» dice bruscamente.

Sbatto le palpebre qualche volta, concentrandomi nuovamente su di lui. «Ma se n'è andata un mese dopo la fine della mia carriera di modella.»

Lui annuisce, continuando a tenermi la mano e a guardarmi dolcemente. «Certo, era delusa. Aveva grandi speranze per te, ma quando la tua carriera finì cominciò a seguire i guru dell'auto-miglioramento. Aveva sempre avuto bisogno di qualcosa su cui concentrarsi. Incontrò un tizio a una specie di ritiro spirituale e credettero di essere anime gemelle. Lei si trasferì a Londra con lui. Ruppero tre mesi dopo, ma lei restò perché le piaceva stare lì.»

Mi trema la voce quando dico: «Non ho mai incontrato nessuno che venisse da Londra».

«Perché la loro storia finì molto in fretta.»

Lo fisso, con il cervello che assorbe lentamente la verità: non era stato il mio periodo da goffa preadolescente che aveva fatto andare via mia madre, deludendola. Aveva seguito un tizio oltre oceano. Posso quasi capirla, se veramente aveva creduto che fossero anime gemelle. Io non lascerei mai una figlia, ma comincio ad avere un'idea del potere dell'amore.

Tutto questo tempo. Tutta la mia vergogna segreta.

Scoppio a piangere, lasciando cadere la testa tra le mani, con i singulti che vengono dal profondo. Pensavo di non avere più lacrime, ma non vogliono smettere di arrivare. E poi papà mi è accanto e mi tira contro il suo petto, lasciandomi piangere.

«Mi dispiace, Sloane. Se avessi saputo che credevi che fosse colpa tua, te lo avrei spiegato. Avrei dovuto dirtelo, ma pensavo che parlare del suo abbandono ti avrebbe solo sconvolto.»

Sto piangendo troppo forte per rispondere.

«Mi dispiace tanto» mi dice dolcemente. «Non è mai stata colpa tua. Tu sei perfetta così come sei.»

Quando le lacrime finalmente si fermano, mi raddrizzo e mi asciugo le guance. «Non sono perfetta.»

Lui mi pizzica il mento. «Per me lo sei. La migliore figlia che un padre potrebbe avere.»

«Tu sei il padre migliore. Ci sei sempre stato per me. Mi hai fatto socia.»

«Beh, merito tuo, hai fatto talmente tante pressioni che ci sei riuscita.» Sorride. «Ma sono contento che l'abbia fatto.»

Respiro profondamente per calmarmi, finalmente libera dal peso che ha governato tutta la mia vita. Il fatto che mia madre se ne sia andata non è colpa mia. E adesso potrò finalmente vivere la vita che dovevo avere. Socia nell'officina di mio padre.

Spero che Caleb voglia restare a far parte della mia vita.

# 16

---

*Sloane*

«Sono socia nell'officina!» esclamo appena entro nell'appartamento di Caleb quella sera. Mi sento tanto più leggera.

Huckleberry abbaia eccitato, saltandomi addosso. Lo accarezzo e condivido la gioia con lui. «Lo so, è eccitante, giusto?»

Caleb gli ordina di sedersi e poi mi afferra in un abbraccio
che mi solleva da terra. «Congratulazioni!»

Sorrido, con la felicità che trabocca. «Grazie. Papà e io
abbiamo fatto una bella chiacchierata. Finalmente mi ha ascol-
tata e ha capito che è ciò che voglio fare con la mia vita.»

«È meraviglioso.» Mi prende la mano e mi accompagna
sul divano. Una volta seduti, mi chiede: «Come sta tuo
padre?».

Mi si stringe il cuore. È la prima volta che siamo insieme
dalla nostra rottura e mi ha accolta a braccia aperte, felice per
la mia grande notizia. Dopo tutto ciò che ha fatto per mio
padre e per me, so di aver fatto un enorme errore troncando.

Sorrido, guardandolo nei caldi occhi nocciola. «Bene. Sta
migliorando ogni giorno di più. Apprezzo veramente tutto
quello che stai facendo per lui.»

Caleb mi prende la mano e me la stringe. «Sono felice di
aiutarlo.»

«Non voglio rompere con te» dico in fretta. «È stato un enorme errore da parte mia. Possiamo riprendere da dove abbiamo lasciato?»

Lui mi alza la mano e mi bacia il palmo. «Lo stiamo già facendo.»

«Semplicemente così?»

«Semplicemente così. E per provarlo, ho trovato un film dell'orrore veramente cruento da guardare insieme. Sono disponibile ad accettare le cose che preferisci.»

Prende il telecomando e clicca sul film. La sua disponibilità mi fa pensare che anch'io devo essere più aperta verso il suo modo di vivere. Un'altra conversazione che dovremo avere, ma non adesso. È stata una settimana stancante tra gli strascichi della rottura e l'infarto di papà.

Chino la testa sulla sua spalla e lui mi mette il braccio intorno, tirandomi contro il suo fianco caldo. Mi rilasso per la prima volta da giorni.

Apro gli occhi rendendomi conto che il film è finito e ho la testa in grembo a Caleb. Sbatto le palpebre guardandolo.

Lui sorride e mi liscia i capelli. «Ti sei addormentata nella parte più cruenta.»

Mi metto seduta. «Immagino di non aver dormito molto bene a casa, sempre attenta a ogni suono, nel caso in cui mio padre avesse bisogno di me. Inoltre ho fatto un pianto a dirotto quando mio padre mi ha spiegato che mia madre se n'è andata perché era innamorata di un tizio che non ho mai conosciuto. Non aveva niente a che fare con me.»

Caleb mi abbraccia e mi parla a bassa voce all'orecchio. «Ho sempre saputo che non era colpa tua, ma sono contento che lo sappia anche tu.» Tira indietro la testa, mi prende il volto tra le mani e mi bacia. «Ho una sorpresa per te. Un regalo di Natale in ritardo.»

«Davvero?» Mi ha già regalato un maxi-maglione di cachemire che mi fa sentire avvolta nelle piume.

«Sì. È arrivato in ritardo. Torno subito.»

Va in camera. Non aveva veramente bisogno di prendermi due regali. Io gli ho regalato solo una sciarpa. Non sapevo a che livello di regalo eravamo nella nostra relazione. Avrei dovuto sapere che lui avrebbe esagerato. Appunto mentale: un regalo migliore l'anno prossimo. Ovviamente, presumendo che l'anno prossimo saremo ancora insieme. Dobbiamo parlare del fatto che la sua carriera sta decollando mentre io sono ancora più radicata qui. Adesso sono socia dell'officina e sono decisa a farla prosperare in modo che papà, un giorno, possa andare in pensione. Lavora lì da quando aveva diciassette anni.

Caleb ritorna con in mano una scatoletta dorata con un fiocco rosso.

Mi alzo con il cuore che batte come un tamburo. È la grande proposta? Ci vediamo da sei settimane adesso, e, anche se abbiamo fatto in fretta, mi sento più vicina a lui di quando sia mai stata con qualcuno. Lo amo.

Mi mette in mano la scatola. «Aprila.»

Tolgo il coperchio alla scatola con la mano che trema. Oh. Non è un anello. Sono sorprendentemente delusa e non posso fare a meno di chiedermi se Caleb ha dato una bella occhiata realistica al futuro, rendendosi conto che, guardando il futuro, non sono adatta a lui.

«Ti piace?» mi chiede.

Sorrido e annuisco. È una collana d'argento con un ciondolo a forma di volante e uno con la S per il mio nome. Un regalo bello e appropriato.

Prende la collana e va dietro di me, sollevandomi i capelli e baciandomi la nuca. Rabbrividisco. Mi mette la collana e lascia cadere i capelli.

Mi volto a guardarlo. «Grazie. È così bella.»

Caleb aggrotta la fronte. «Sembri delusa. Pensavo che ti sarebbe piaciuta. Specialmente ora che sei diventata socia.»

Lo abbraccio. «Mi piace. Grazie.»

Caleb si tira indietro, alzandomi il mento. «Che cosa c'è che non va?»

«Pensi ancora come prima che ci sposeremo?»

«No.»

Volto la testa. «Oh.»

Lui mi prende il volto e mi volta la faccia verso di lui. «Non ne ho bisogno. Appena siamo andati a letto insieme, sapevo che era quello che volevi anche tu. Ho smesso di pensarci. Per quanto mi riguarda, era una cosa certa un mese fa.»

Gli rivolgo un sorriso un po' lacrimoso. «Vorrei che qualcuno me l'avesse detto.»

«Era sottinteso.» Lo dice come se fosse un dato di fatto.

«Ma e le Fiji? Che cosa succederà dopo?»

«Ci inventeremo qualcosa.»

«Ma...»

Mi bacia, interrompendomi. Mi sento invadere dal calore e il desiderio si accumula nel basso ventre. È tanto che non stiamo insieme. Più di una settimana. Gli getto le braccia intorno al collo, restituendogli appassionatamente il bacio, escludendo dalla mente la continua preoccupazione.

Caleb mi solleva, senza mai interrompere il bacio e gli avvolgo le gambe intorno mentre mi porta in camera. Non importa niente, tranne questo.

Appena entriamo in camera, mi mette a terra e chiude la porta. Huckleberry sta ancora sonnecchiando in soggiorno. Bene, altrimenti starebbe ululando per farsi aprire la porta.

Caleb sorride. «Ho portato Huckleberry a fare una corsa prima che arrivassi tu, in modo da stancarlo.»

Gli tolgo la maglia. «Sei brillante.»

«Spogliati» mi ordina.

«Anche tu.»

Ci spogliamo a tempo di record e torniamo ad appiccicarci. Caleb ha le mani dappertutto, la bocca famelica. Mi fa arretrare finché sbatto con il retro delle ginocchia contro il letto. Ricado all'indietro e lui mi copre, reclamando le mie labbra, la lingua che entra mentre le dita mi accarezzano lungo il collo.

Stacco la bocca. «Preservativo, subito.»

Mi dà un ultimo languido bacio e si alza, andando al comodino. «Toccati.»

Mi tiro indietro sul letto, allargo le gambe e strofino le dita prima leggermente e poi con più pressione, abbandonandomi al piacere. Caleb è su di me di colpo, si sistema tra le mie gambe e mi prende con una forte spinta. Ansimo, adattandomi a lui.

Caleb geme accanto al mio orecchio. «Era così sexy che non sono riuscito ad aspettare. Tutto bene?»

«Sì.»

«Bene.»

Mi alza una gamba, spingendola in alto, aprendomi di più e spingendosi più in profondità. Io risucchio il fiato. Non mi sono mai sentita così aperta, completamente posseduta. Caleb si sposta e spinge di nuovo, colpendo un punto all'interno che mi fa impazzire.

Gli afferro le spalle, affondando le unghie. «Caleb, oh mio Dio.»

Lo rifà e io grido, scioccata dall'intensità. «Sì, è bello anche per me» dice roco. «Verrai fortissimo.»

Chiudo gli occhi, con il fiato corto mentre le sensazioni mi travolgono. La pressione aumenta in modo incontrollabile, profonda. Intensa. Caleb si spinge più forte, più in fretta, aprendomi a ogni spinta. Sensazioni al calor bianco pulsano dentro di me in ondate infinite. Perdo la presa sulle sue spalle e vengo con un grido aspro, rabbrividendo sotto di lui mentre un'esplosione di piacere mi toglie il fiato. Caleb continua a spingere, prendendo ciò di cui ha bisogno finché viene con un gemito profondo.

Caleb mi riappoggia dolcemente la gamba sul letto. Ci guardiamo negli occhi, respirando entrambi affannosamente.

«Caleb.» Gli apro le braccia.

Si unisce a me, tenendomi stretta. Mi aggrappo a lui, cercando più vicinanza, senza volerlo lasciare andare. Qui, il mondo reale con tutte le sue complicazioni non può toccarci.

~

Una settimana dopo, sono al Festival d'Inverno accanto al lago Summerdale per assicurarmi che tutto funzioni bene dietro le scene. Sono acutamente conscia che si sta per esaurire il tempo prima che Caleb parta per il suo grande viaggio alle Fiji e ciò che mi aspetto sia l'inizio della sua nuova vita. Oggi rappresenta una bella pausa dall'angoscia costante di dovergli dire addio perché sono talmente occupata che ho a malapena il tempo per pensare. Tutto quello che faccio è correre da un posto all'altro, rifornendo i punti dove si gioca di cibo, bevande, tovaglioli e qualunque altra cosa serva. Il nostro postino, Bill, ha perfino uno stand di *tamales*, un regalo speciale, dato che di solito consegna i *tamales* con la posta solo in primavera e autunno, quando può tenerli caldi. È solo una delle persone eccentriche che vivono qui in città. Immagino di inserirmi meglio di quanto pensassi. Wyatt è un grande fan dei *tamales* e ha attrezzato il chiosco di Bill con un forno per riscaldarli collegato al generatore del reparto cibarie.

Per dare il via al festival c'è stata una piccola parata con la banda dei veterani, qualche rappresentante della stazione dei vigili del fuoco e una rotonda mascotte a forma di omino di neve che salutava i bambini. Il festival del cioccolato è molto popolare. Jenna ha installato una tenda bianca con parecchi tavoli per accogliere la gente che si attarda con la cioccolata calda e una varietà di dolci al cioccolato: brownie, biscotti, perfino una cheesecake al cioccolato. Il lago è gelato a sufficienza per permettere il pattinaggio e ci sono alcune famiglie che pattinano. Ci sono anche giochi per i bambini, ma la maggior parte di loro sta correndo in giro tirandosi palle di neve.

Riesco a sollevare le gambe solo nel pomeriggio. Sono contenta che i calendari per beneficenza che abbiamo preparato con gli uomini e i cani siano esauriti. Abbiamo raccolto cinquemila dollari per il rifugio. Un successo! Vado verso il grande fienile rosso, dove c'è la gara di talento per i cani, un'altra raccolta fondi per il rifugio per gli animali. Volevo guardare lo spettacolo quindi mi sono organizzata per essere fuori servizio per la prossima ora. Individuo Max, che sta montando il tavolo dei giudici con l'aiuto di Levi.

Li saluto, prendendo posto su una sedia pieghevole. Ci sono alcune file di sedie in fondo, ma la maggior parte dello spazio è libero in modo che i proprietari possano far esibire i loro cani. Ci sono già alcune persone con i loro cani e l'inizio è solo tra venti minuti.

Levi va a prendere una pila di palette con i numeri e le mette sul tavolo dei giudici.

«Hai bisogno di aiuto?»

«Siamo a posto» dice Levi.

Max si avvicina a me. «Tuo padre è venuto?»

«No, il medico gli ha prescritto due settimane di riposo.»

«Sei severa. Gli mancano solo due giorni alla fine delle due settimane.»

«Quindi non sono ancora passate due settimane.»

Mi mette la mano sopra la testa, nel solito gesto affettuoso. «Starà bene e ne sono felice.» Guarda oltre la mia testa. «Quella chi è?»

Mi volto. C'è una donna con lunghi capelli scuri con un golden retriever al guinzaglio. Sembra sui venticinque anni e ha un'espressione seria. Scommetto che è competitiva. Mi chiedo quale sia il talento del suo cane. «Non la conosco» dico.

Appare Kayla e abbraccia la donna, salutandola allegramente e poi accarezzando il cane.

«Forse è la sorella di Kayla» dico. «Aveva detto che le sue due sorelle avrebbero visitato una proprietà qui in città.»

Max non la lascia mai con gli occhi.

«Davvero? Hanno intenzione di trasferirsi qua?»

«Ha detto che avevano intenzione di aprire un Bed & Breakfast. Vieni, andiamo a salutarle.»

Ci avviciniamo. «Ciao, Kayla» dico.

«Ciao!» Kayla mi abbraccia. «Sloane, Max, vi presento mia sorella Brooke e questo è Scout.»

Scout corre immediatamente da Max, annusandogli i jeans. Max gli dà una grattata sul fianco e Scout scodinzola forte.

«Salve, lieta di conoscerti» dico sorridendo a Brooke.

Lei mi saluta con la mano e un anello di diamanti scintilla al suo anulare. Sembra un anello di fidanzamento. «Lo stesso per me. Kayla mi ha raccontato tutto sulla vostra avventura da elfi.»

Io rido. «Era tutto *elfinato*.»

Kayla mi dà una gomitata, sorridendo.

Scout si arrampica sulla gamba di Max, cercando altre coccole.

«Scout!» esclama Brooke, tirandolo giù. «Scusami. Di solito non è così aggressivo. Devi proprio piacergli tanto.»

Max continua ad accarezzare Scout. «Probabilmente odoro di cioccolato. Ho appena mangiato un brownie. Attira sempre le donne» dice ammiccando.

Brooke si massaggia il lato del collo, abbassando le ciglia. «Scout è un maschio. Inoltre il cioccolato non va bene per i cani.»

Max fa spallucce. «Allora non so perché si sia attaccato a me.»

Arriva un Labrador nero che abbaia eccitato attirando l'attenzione di Scout, che parte spedito nella stessa direzione, tirando Brooke con sé.

«Sembra che la manifestazione stia cominciando. Andiamo a sederci» gli dico.

«Io dovrei andare a ricevere i partecipanti» risponde Max.

«Anch'io» aggiunge Kayla.

«Okay.» Ci vedremo dopo.

Mi siedo a guardare mentre arrivano altri proprietari con i loro cani. Scout continua a tirare il guinzaglio per andare da Max, portando Brooke con sé. Max lo accarezza tutte le volte e sembra che Brooke si scusi ogni volta. Max, al contrario, sembra contento.

Kayla è vicina all'ingresso, incassa la quota di iscrizione e consegna a ciascun proprietario un numero da appuntare sulla camicia. Saluto Caleb quando arriva con Huckleberry. Lui annuisce, indicando il cane, come se fosse sicuro che vincerà.

Sorrido e agito la mano di fianco, con un gesto che dice *forse*.

Lui alza bruscamente la testa come se fosse offeso e io rido.

Proprio un momento prima che cominci, Max appare di fianco a me. «Dovrebbe essere interessante.»

«Sembra che tu abbia un fan. A Scout piaci veramente.»

«Non so proprio perché. Peccato che la sua proprietaria sia fidanzata, altrimenti l'approccio sarebbe stato facile. Ehi, piaccio al tuo cane, dovremmo uscire insieme.»

«Ho visto anch'io l'anello. Difficile non vederlo.»

«Già.» Segue Brooke con gli occhi mentre lei cerca di far sedere Scout, che è troppo eccitato da tutti gli altri cani e continua a sedersi e poi a balzare in piedi di nuovo per andare ad annusare un altro cane. «Incantevole.»

Non credo che si stia riferendo al cane. Peccato che Brooke sia fidanzata. Ora che sono profondamente innamorata, voglio la stessa cosa per le mie amiche. È una sensazione stupenda. Purché non si vada troppo avanti nel futuro con la mente. Non ho la stessa sicurezza di Caleb riguardo a come funzionerà tra di noi.

Levi accende il microfono. «Benvenuti al primo concorso di abilità canina. Ora, so che ciascun cane è speciale, quindi ognuno di voi se ne andrà oggi con un piccolo premio, grazie al nostro veterinario locale, il dottor Russo. Berretti Dog Mom e Dog Dad.» Kayla si affretta a passargli un berretto nero. Lui lo alza. Sul davanti c'è la scritta "Dog Mom". Applaudono tutti. «Tutto il ricavato di questo evento andrà nel fondo per la costruzione del rifugio per animali del dottor Russo. Vogliamo aiutare più cani e gatti possibile a trovare una casa. Giudici, siete pronti?»

I giudici, la signora Peabody e Audrey, confermano alzando il pollice. Nessuna delle due ha un cane, quindi saranno giudici imparziali.

Levi abbassa la voce al microfono. «Cominciamo in ordine di numero. Andate al centro della stanza, fate il vostro trucchetto e poi andate in fondo. Divertiamoci! Vai, numero uno.»

Jenna va per prima, conducendo Mocha che si stringe al suo fianco. Prima gli getta una pallina da tennis e lui l'afferra. Poi un'altra. Quella cade ma lui la prende da terra e riesce a tenerle entrambe in bocca. Poi gli mette un peluche in testa e lo conduce fuori, sorridendo ai giudici.

Un momento dopo, questi alzano le loro palette per i voti. Un dieci per Audrey e in cinque per la signora Peabody. Accidenti, abbiamo un giudice severo. Era un bel trucchetto.

Huckleberry fa il suo trucchetto *prendi i giocattoli secondo il nome*, scegliendo correttamente la scimmia, la palla e il frisbee. Corre talmente in fretta col frisbee che Caleb perde la presa, causando un sacco di eccitazione quando Huckleberry decide che vuole mostrare i frisbee agli altri cani, che si lanciano a loro volta per afferrare il giocattolo. Fortunatamente gli altri proprietari riescono a tenere a bada i loro cani, aggrappandosi ai guinzagli.

Caleb finalmente riprende il controllo e lo conduce fuori.

Temo che il suo punteggio non sarà molto buono. Dev'esserci una penalità per la perdita del controllo. Prende un bello zero dalla signora Peabody e un cinque da Audrey, probabilmente la sua versione di zero.

Un barboncino nano fa un balletto sulle zampe posteriori. Per lui due dieci.

Anche Palla di Neve, il cane di Wyatt, balla sulle zampe posteriori, quindi alla fine, Wyatt riesce a farla rotolare sulla schiena per aggiungere qualcosa al suo repertorio. Lei si sdraia sulla schiena e poi balza nuovamente in piedi. Un sette e un otto.

Adam tira il suo bulldog inglese in un carretto rosso mentre Tank tiene la testa appoggiata sul sedile davanti a sé. L'epitome di un cane pigro. Uno e nove. Penso che Audrey gli abbia dato dei punti per la carineria.

Eli ordina alla sua pitbull, Lucy, di stare seduta, si allontana e poi dice: «Vieni!». Lei si lancia a tutta velocità e gli salta in braccio. Due e dieci.

I cani sembrano divertirsi perché ciascuno di loro si esibisce al meglio della sua possibilità, afferrando frisbee, rotolando sulla schiena e c'è un chihuahua particolarmente interessante che sembra contare battendo una zampina anteriore. *Genio*.

Qualche minuto di confabulazione da parte dei giudici e il barboncino nano che ha ballato riceve il nastro azzurro. La folla applaude tutti i cani, che sembrano felici dell'attenzione. Qualche minuto dopo, tutti si avviano all'uscita e ricevono un berretto. Alcuni mettono anche un'offerta nella cassetta all'uscita per sostenere il rifugio.

Vado da Audrey. «È stato favoloso.»

Lei sorride. «Dovevo dare un punteggio alto per compensare i voti della signora Peabody.» Abbassa la voce, anche se la signora Peabody è uscita subito dopo il concorso. «Non si rende conto che la gente prende sul personale il punteggio? È il loro amatissimo cane. Non puoi dare zero a qualcuno.»

«L'anno prossimo farò io il giudice con te.»

Lei mi stringe il braccio. «Perfetto. Allora, abbiamo un'ora prima dell'incoronazione seguita dal ballo. Sai che sei in lizza per il titolo di Regina Fiocco di Neve, vero?»

Resto a bocca aperta. «Cosa? Chi mai vorrebbe candidare me?»

«Chi pensi che sia stato?»

*Caleb*. Non riesco a credere che mi abbia messo in imbarazzo in quel modo! Non ha detto niente!

Mi giro in fretta, cercandolo. Lo vedo dall'altra parte della stanza e vado da lui.

«Ehi, è andata bene» dice. «Huckleberry avrebbe vinto se non si fosse lasciato trasportare dal suo frisbee.»

«Che cosa avevi in testa, quando mi hai candidato per il posto di regina?»

«Tu sei la mia regina» risponde lui con calma.

Digrigno i denti. «Non mi voterà nessuno. Non sono una reginetta di bellezza.»

«Potresti esserlo.»

«Smettila.» Mi stringo nelle braccia. «È così umiliante. Non voglio mettermi in fila con un gruppo di belle donne. La gente si chiederà che cosa ci fa lì un meccanico.»

Lui mi pizzica il mento, fissandomi negli occhi. «Ci staresti benissimo. Inoltre non è un concorso di bellezza. Si basa sul coinvolgimento nella comunità e la volontà di rappresentare la città nelle parate, nelle raccolte fondi, i festival e gli eventi scolastici. Tutte quelle belle cose. Sei perfetta per quel lavoro.»

Mi stacco da lui. «Perché non me l'hai detto?»

«Pensavo che sarebbe stata una bella sorpresa.»

Stringo gli occhi e sussurro furiosa: «Non ricordi com'ero sconvolta quando non mi hai parlato delle Fiji per due settimane? Per favore, non nascondermi le cose».

«Okay, lo prometto, questa sarà l'ultima volta. Pensavo che avresti rifiutato di farti mettere in lizza e avresti perso una grande opportunità. Dai tantissimo alla comunità e dovrebbero riconoscertelo. Consideralo un complimento.»

«Pfui.» Presumo di non avergli parlato del terrore che provavo durante i concorsi di bellezza per bambine. Era la mamma che mi spingeva a farli. Non mi piace stare su un palcoscenico davanti a una folla. «Ti sei candidato per essere il re?»

«Non si può candidare se stessi. L'ha fatto Kayla. Ha nominato anche Audrey, Max, il dottor Russo e Levi. Si è fatta prendere la mano. Adam si è rifiutato.» È il suo fidanzato, non posso biasimarlo.

Espiro bruscamente. «Ma se vincerai, significa che dovrai fare delle apparizioni per tutto il prossimo anno. Non sai se sarai in grado di impegnarti con il tuo programma di lavoro.»

«Se dovesse succedere troverò una soluzione.»

Cammino avanti e indietro, cercando un modo per tirarmene fuori. Mi fermo. «Quante sono le candidate?»

«Kayla dice che ci sono dieci uomini e venti donne.»

Mi calmo un po'. Sono un mucchio di candidati. Ci sono poche possibilità che vinca uno di noi due. Posso semplicemente confondermi tra la folla. «È un concorso di popolarità.»

«È la comunità che vota e il Generale e Babbo Natale avranno l'ultima parola» dice con un sorrisetto.

Intende dire la signora Ellis e Nicholas, che nessuno chiama il signor Polski. Poi ricordo che alla signora Ellis piace aiutare la gente a trovare l'amore. «E se la signora Ellis tentasse di mettere assieme Audrey e Max? Audrey potrebbe infuriarsi e andarsene nel bel mezzo del suo stesso evento!»

Caleb si strofina le mani. «Non vedo l'ora di scoprirlo.»

## 17

*Sloane*

Dopo quella sorprendente rivelazione sono andata direttamente da Kayla perché non sopportavo di restare accanto a
un gruppo di candidate vestite elegantemente con indosso il
mio solito maglione largo e i jeans. Nemmeno la mia gonna
diritta mi sembrava adatta. Kayla ha risolto il problema.
Quindi eccomi qui, di ritorno nel fienile un'ora dopo, con un
abito rosso senza maniche. Era un po' ampio in alto perché le
sue tette sono più grandi, ma abbiamo risolto il problema
usando uno dei suoi reggiseni push-up. Si intravede addirittura il solco tra i seni! Mi ha anche truccata. Almeno mi
confonderò con le altre. È la parte più importante. Ho tenuto
le mie ballerine nere, non ho osato mettere le sue scarpe con il
tacco alto, anche se portiamo la stessa misura.

Il fienile è veramente bello. Di solito è usato come teatro
per la nostra compagnia teatrale Standing O, formata da
gente del posto. Hanno messo delle lunghe panchine, quelle
che di solito usano per il pubblico. Festoni viola e lucine scintillanti appesi in lunghi archi in tutto lo spazio. In fondo c'è
una tenda sospesa al soffitto e alcuni faretti. Dietro la tenda ci
sono file di sedie per i candidati.

Quindi eccomi qui, dietro la tenda, che cerco di non sclerare. Sono così nervosa che il sudore mi cola tra i seni (sensazione nuovissima) e lungo la spina dorsale. Dovrò comprare a Kayla un vestito nuovo dopo la sudata che sto facendo nel suo.

Siamo in troppe, quindi la metà di noi è in piedi, l'altra seduta. Io avevo afferrato una sedia perché temevo di non essere molto stabile sulle gambe. Non che pensi di poter vincere. Ma sto avendo dei flashback dei concorsi fatti da bambina. I riflettori, la pressione, le risatine. La mamma che mi incoraggiava dalle quinte.

Mia madre sarebbe stata livida perché non mi avevano concesso il tempo di prepararmi. Allora era un continuo ripetere i discorsi, camminare, saltellare, perfino sorridere. Sono quasi contenta di non averlo saputo in anticipo. L'ansia sarebbe arrivata a un livello stratosferico.

Non sceglieranno me. Tutto ciò che devo fare è aspettare il mio turno, dire il mio nome e che cosa farei come ambasciatrice di Summerdale, poi rimettermi in fila. Semplice.

La mano grande di Caleb mi stringe la spalla nuda. Si abbassa verso il mio orecchio. «Mi piace il tuo vestito.»

«È di Kayla.»

Lui mi bacia la guancia. «Lo so. Rilassati, la tua spalla sembra di marmo.»

«Non posso rilassarmi su un palcoscenico.»

«Finirà presto.»

Ma non è così. Prima c'è la presentazione dei quattro studenti migliori delle superiori, due ragazzi e due ragazze, che faranno parte delle corte reale. Le ragazze indossano abiti da cocktail, i maschi completi scuri. Sembrano felici di essere lì. Sicuramente non lo sarei stata *io* alle superiori.

Poi ci vuole un'eternità per scorrere tutte le candidate, alcune delle quali hanno preparato un *discorso* su come rappresenterebbero la città. Io non sapevo niente fino a un'ora fa. Non riesco a pensare a niente da dire. Ho la testa completamente vuota.

Poi mi rendo conto che Caleb mi sta toccando la spalla. «Tocca a te» sussurra.

Vado verso il microfono con le gambe molli. È troppo alto per me. Cerco di toglierlo dal supporto ma sembra incastrato. Tiro giù tutto fino al mio livello, microfono e asta. «Salve.» Si sente un fischio e il pubblico rumoreggia. Allontano il microfono. «Sono Sloane Murray, socia del Murray's. Se non sapete che cos'è, è la vostra locale officina di riparazione auto. Facciamo anche lavori di carrozzeria.»

C'è talmente tanto silenzio che riesco a sentire il cuore che mi batte nelle orecchie. Risucchio il fiato. «Spero che non sembrasse un tentativo di farmi pubblicità. Non so che cosa dire.»

Guardo il pubblico, un mare di facce, tutti gli occhi puntati su di me. Non riesco a guardare i giudici. Il peso del giudizio di tutti è una cosa palpabile. Nella mente mi risuona la voce di mia madre: "Testa alta e un grande sorriso".

No, quella non sono io. Non più. Non ho intenzione di appiccicarmi sulla faccia un gande sorriso e farmi giudicare per il mio aspetto. Faccio un respiro profondo, per calmarmi. Qui, adesso, la mia vita è a un buon punto. Sto facendo il lavoro che voglio con mio padre, sono profondamente innamorata per la prima volta, circondata da amici. E avrei potuto trovare questo tipo di felicità solo qui, a Summerdale.

Mi schiarisco la voce. «Questa candidatura è stata una sorpresa. Io, uhm, sono cresciuta qui e intendo vivere qui per il resto della mia vita. Questa comunità mi ha dato tutto quello che volevo e io restituirò tutto ciò che posso, che mi votiate o no come regina. Amo Summerdale. È casa mia.»

Lascio andare il microfono e tutto l'insieme cade con enorme fragore. Ma si nota appena, perché tutti stanno battendo le mani e gridando urrà. Lo raddrizzo, con la testa alta e le spalle diritte, fiera. Ce l'ho fatta. Sorrido e colgo lo sguardo della signora Ellis al tavolo dei giudici che mi sta sorridendo. Sospiro soddisfatta e torno al mio posto.

Caleb mi dà una stretta alla spalla e io appoggio la mano sopra la sua. Non sono più arrabbiata per la candidatura. Voleva solo che mi riconoscessero come membro attivo di questa comunità. Ho fatto la mia parte di riparazioni gratuite o scontate, do ripetizioni gratuite di matematica da quando ero alle superiori e dono sempre per le cause locali. Non grandi donazioni, ma tutto conta. E più do alla comunità, più la comunità dà a me. Unirmi al comitato del Festival d'Inverno e aiutare col calendario per la raccolta fondi è stato divertente e mi ha legato ancora di più alle mie nuove amiche.

Parecchie altre candidate si alzano e vanno a parlare e io mi distraggo, esausta dopo tutta l'eccitazione.

Finalmente tocca all'ultima candidata. Qualche momento dopo la signora Ellis si avvicina lentamente al microfono con Nicholas al fianco, che le tiene la mano appena sotto il gomito.

Toglie il microfono dal sostegno con uno strappo deciso. «Ringrazio tutte le candidate per la loro disponibilità a rappresentare Summerdale come ambasciatrici. Nicholas e io abbiamo avuto fin troppe candidate idonee tra cui scegliere.»

Nicholas si china in avanti. «Ma abbiamo pensato che fosse meglio che il re e la regina fossero legati, visto che avranno tanti eventi cui partecipare insieme.»

Il mio sguardo va verso il fondo alla fila, dove c'è Audrey. La signora Ellis crede che Audrey abbia bisogno di aiuto in materia amorosa e i rapporti tra lei e Max sembrano essere migliorati. Oppure forse cercherà di accoppiare Levi a qualcuna, ma chi? Ricordo che aveva fatto commenti sull'esistenza solitaria da scapolo di Levi. Allungo il collo per trovarlo dietro di me. Sembra rilassato, ha un'espressione piacevole sul viso. Avrebbe senso che fosse il sindaco a essere l'ambasciatore di Summerdale. Forse quella donna carina accanto a lui. Sembra essere sui trent'anni, ma è una fede quella che le vedo al dito?

«Sloane Murray» annuncia la signora Ellis.

Volto di colpo la testa. *Io?*

Lei mi indica di farmi avanti.

Non è possibile.

«Applaudite tutti la nostra prima Regina Fiocco di Neve» dice la signora Ellis.

Mi alzo dalla mia sedia tra gli applausi. Regina Fiocco di Neve. È così assurdo che quasi mi metto a ridere, ma sono troppo sorpresa per riuscire almeno a sorridere. Le arrivo al fianco e lei annuisce prima di annunciare: «E Caleb Robinson, il nostro Re Gelo».

Altri applausi mentre Caleb si lancia in avanti mettendomi un braccio sulle spalle. Io mi appoggio pesantemente a lui.

«Respira» mi sussurra Caleb all'orecchio.

«Adesso ci sarà la cerimonia di incoronazione» dice Nicholas. «Preparate le macchine fotografiche.»

Fisso il pubblico, aspettandomi sguardi sorpresi o sussurri, ma tutto ciò che vedo sono sorrisi e gente che alza i telefonini per fare le fotografie. Nessuno mette in dubbio la validità della scelta. In effetti, Caleb mi aveva detto che avrebbe votato la comunità e che la signora Ellis e Nicholas avrebbero avuto l'ultima parola. Hanno scelto me.

Raddrizzo le spalle. Per tutto questo tempo mi sono sentita un'outsider, il pesce fuor d'acqua eppure eccomi qui, una regina. Sorrido radiosa, così felice che quasi vorrei ridere per la pura gioia di questo momento.

Kayla si avvicina sorridendo. Mi mette una fascia e una corona tempestata di finti diamanti. «Stai benissimo» sussurra.

«Grazie» le dico. Sto ancora fluttuando in una nuvola di felicità.

Mette una fascia e una corona anche a Caleb, prima di dire: «Restate qui. È il momento delle fotografie. C'è il fotografo del Summerdale Sheet». È il nostro giornale online.

Appena si allontana, il pubblico si scatena applaudendo e fischiando. Caleb mi prende la mano e la stringe.

E poi sorrido per molte fotografie e, per la prima volta da lungo tempo, essere al centro dell'attenzione è una sensazione piacevole. Spalle diritte, fiera. Amo questa comunità e sento il loro amore. È una bella cosa. Oggi sono una regina, con un re che amo e farò tutto ciò che è in mio potere per aiutare il mio regno.

## Caleb

Aiuto la mia regina a salire sul pianale del camion, decorato sui lati per sembrare una carrozza reale. Ci sono due troni, bloccati da staffe, presi in prestito dalla compagnia teatrale Standing O. È un bell'allestimento. Faremo un lento giro intorno a Lakeshore Drive in modo che tutti possano vederci prima di dirigerci al locale dove ci sarà la cena e il ballo reale. Alla guida c'è uno dei membri dello staff di Max che ci segue con il suo pick-up e i ragazzi delle superiori, le due principesse e i due principi della corte reale.

Prendo posto sul trono e sorrido a Sloane. «Di classe.»

Lei sorride. «Sicuramente. Sono contenta di essere all'aperto. Ho finalmente la possibilità di rinfrescarmi. Se mi avessi detto che sarei stata la prima Regina Fiocco di Neve di Summerdale quando ero nella mia fase dark alle superiori ti avrei riso in faccia. Eppure sono qui e mi sto divertendo.» Tocca la corona. «Da bambina stavo bene con una tiara, ma penso che la corona sia ancora meglio.»

«Nuda stai ancora meglio.»

«Shh.»

«Ehi, magari più tardi, stasera potresti indossare solo la corona. Che ne dici?»

Sloane mi afferra per la camicia e mi avvicina per un bacio. «Sei così carino.»

«Siete pronti, lì dietro?»

«Certo, Dave» risponde Sloane. «Ma vai piano. Qui dietro non ci sono le cinture di sicurezza.»

«Tranquilla, percorreremo le strade secondarie. Sono solo tre chilometri.»

Mette in moto il camion, che fa un forte rumore quando si avvia.

Sloane aggrotta la fronte. «Quel rumore non mi piace.»

Il camion si immette sulla strada e si avvia lentamente verso Lakeshore Drive, un isolato più avanti. Nel parcheggio dell'Horseman Inn si è radunata una folla e noi salutiamo agitando la mano. Altra gente appare per salutarci sui moli delle case che si affacciano sul lago.

«Mi si sta stancando il braccio a furia di salutare» dice Sloane.

«È per quello che hanno inventato il saluto reale.» Glielo dimostro muovendo solo un po' la mano.

Sloane ride e mi imita.

Per un po', sembra che siamo veramente dei reali. Tutti quelli cui passiamo davanti sorridono e fanno festa. Qualcuno addirittura urla: «Urrah per il re e la regina di Summerdale!».

Il camion svolta lentamente lasciando Summerdale Drive. Immagino che il nostro giro sia finito. È l'ora del ballo. Sarà meraviglioso.

Vengo sbalzato in avanti quando il camion si ferma di colpo. «Uh-oh.»

Sloane rialza il vestito e scende dal camion con un salto. Gira intorno all'autista, gli parla per un minuto e lui alza il cofano.

La mia regina ha intenzione di riparare il camion nel suo vestito elegante?

Max scende dal pick-up. «Che sta succedendo?»

I ragazzi delle superiori si alzano in piedi e ci osservano.

«Non lo so» dico. «Si è solo fermato.»

Va verso Sloane e io lo seguo.

Lei alza gli occhi. «Max, portami la tua cassetta degli attrezzi. Lo sistemo in un attimo.»

«Posso farlo io» le dice Max. «Indossi un vestito elegante.»

Lei sbuffa. «Le mie dita sono più sottili e agili. È un punto difficile da raggiungere.» Poi entra nei particolari della riparazione; a me sembra che parlino una lingua straniera, ma Max capisce e va a prendere la cassetta.

Una delle principesse si avvicina e filma Sloane con il suo telefono. «Sei una dura, Regina Fiocco di Neve. Pensi che potresti insegnarmi a riparare le auto?»

Sloane sorride. «Certo. Penso che tutti dovrebbero conoscere almeno i fondamentali. Se sei veramente interessata, vieni pure a guardarmi un giorno al lavoro.»

«Favoloso.»

Max torna con la cassetta degli attrezzi e Sloane si mette al lavoro. Le ci vogliono appena cinque minuti. Non so nemmeno come abbia fatto a individuare il problema così in fretta. Ha dato un'occhiata e ha capito immediatamente che cosa fare.

La mia donna è brillante.

Si pulisce le mani e urla: «Metti in moto!».

Dave gira la chiave e il motore si accende immediatamente con un rombo soddisfacente.

Sloane chiude soddisfatta il cofano con un tonfo, si sistema la corona e torna sul pianale, prendendo posto sul suo trono.

La ragazzina con il telefono la segue da vicino, quindi io mi tiro indietro per restare fuori dal video. Lei smette di filmare e alza un pugno: «Questo è il potere delle donne!».

Sloane ride. «Non è difficile una volta che sai che cosa fare. Vieni a cercarmi al ballo e parleremo di darti qualche lezione sulle riparazioni di base.»

La ragazza le lancia un bacio e torna sul pick-up.

Salgo sul camion e mi unisco a Sloane. «Mi meravigli sempre.»

Lei piega di lato la testa. «Perché sono tutti così meravigliati? È quello che faccio per vivere. Lavoro sulle auto da quando avevo dodici anni.»

La bacio. «Ti amo.»

I suoi occhi si addolciscono. «Ti amo anch'io. Non è così male essere la regina.»

«Ti dovrai abituare.»

Il camion ricomincia il suo lento giro. E so, dal profondo del cuore, che non voglio che il mio viaggio con questa donna incredibile finisca mai.

## 18

*Sloane*

Sto avendo un'esperienza extracorporea. So che è tutto finto. Ovviamente non sono una vera regina ma sembra molto reale visto come mi trattano tutti. Siamo nella sala del ricevimento, decorata in oro e viola. Quando siamo arrivati, siamo stati presentati come il nuovo re e la nuova regina e siamo stati accolti da una marea di applausi. Hanno addirittura usato una tromba per annunciarci come se fossimo veramente la famiglia reale.

Sapevo che questo posto sarebbe stato decorato, dato che ho aiutato in tutto, ma non mi aspettavo di essere io quella sul trono. La sala ha una pista da ballo al centro, circondata da tavoli rotondi coperti da tovaglie bianche. In fondo alla sala c'è una piattaforma rialzata con due grandi sedie imbottite per il re e la regina con sedie normali ai lati per il resto della corte reale. Ci servono per primi da bere, da mangiare e ora la gente si sta avvicinando per congratularsi con noi.

Tra un suddito e l'altro sussurro a Caleb: «In città mi chiameranno Regina Fiocco di Neve per tutto il resto dell'anno?».

«Lo spero» mi risponde con un sorriso.

«E in estate?»

«Magari lo abbrevieranno in Regina S. per Sloane.»

«Ci vorrà un po' ad abituarmi.»

Audrey annuncia al microfono che è ora che tutti si servano al buffet. Noi reali abbiamo già mangiato.

Caleb si china verso il mio orecchio. «Sloane, nella vita non c'è niente che desideri di più che stare con te.»

Mi si stringe la gola. «Lo voglio anch'io.»

«Se continuerai a starmi vicina, tra un anno smetterò di fare il modello e troverò qualcosa che mi tenga vicino a casa.»

«Oh, Caleb! Non voglio che tu rinunci al tuo sogno per causa mia.»

«*Tu* sei il mio sogno.»

Mi si riempiono gli occhi di lacrime. «Che cosa faresti?»

«Ci ho pensato molto. Mi è veramente piaciuto aiutare tuo padre nella riabilitazione. Ho visto che c'è un master per quel tipo di lavoro. Potrei diventare un fisioterapista specializzato nella riabilitazione cardiologica.»

«Sembra fantastico. Perché non me l'hai detto prima?»

«Non ero sicuro della tempistica e non volevo dirti qualcosa di sbagliato. Adesso sono sicuro.»

«Che cosa ti rende così sicuro?»

Caleb scuote la testa. «Non è stato un'idea improvvisa. È stato lavorare con tuo padre, legarmi a te, guardarti lavorare sul camion con la corona in testa.» Tocca la mia corona.

«E se non avessi vinto? Niente corona.»

Caleb mi mette la mano sulla guancia e mi dà un bacio veloce. «Ero già propenso a intraprendere quella direzione. Ci sono alcune buone università a New York che offrono corsi di fisioterapia. Potrei fare il pendolare.»

Sono così sopraffatta dal suo gesto che per un momento non riesco a parlare. Ho la gola chiusa per l'emozione, gli occhi che bruciano.

«Sloane? Ti andrebbe bene?»

Lo abbraccio. «Sì, ovviamente.» Mi tiro indietro. «Sei sicuro?»

«Al cento percento.»

Ci guardiamo negli occhi sorridendo per un lungo momento.

«Ti amo» dico, traboccante d'amore.

Lui mi asciuga una lacrima dal viso. «Wow, oggi è stato un tale turbine. Ero così preoccupata per il futuro e tu continuavi a ripetere che avremmo trovato una soluzione, ma io non la vedevo proprio. Penso che sarai meraviglioso come fisioterapista. I tuoi pazienti rifioriranno, proprio come papà. Riacquista più energia ogni giorno.»

«Parlando di tuo padre, spero che non ti dispiacerà se gli ho chiesto di raggiungerci.»

«Cosa? Quando l'hai fatto?»

«Qui, al ricevimento. Mentre parlavi con Kayla, ho tirato da parte Max e gli ho chiesto di andare a prenderlo. Non volevo che ti preoccupassi perché stava guidando.» Indica l'ingresso della sala.

C'è papà che sta entrando con Max. Indossa una bella camicia azzurra e pantaloni grigi. Mi alzo di scatto per andare di lui, ma papà mi indica di restare dove sono. Vuole che resti sul mio trono e faccia la regina. Non riesco a credere che Max abbia accettato di farlo. A papà mancano ancora due giorni per finire i giorni di riposo raccomandati. Sembra piuttosto stabile, però, mentre va con Max a un tavolo accanto alla pista da ballo e si siede.

«Pensi che stia bene?» chiedo a Caleb. «Ha ancora due giorni di riposo.»

«L'ho chiamato dopo aver parlato con Max e tuo padre mi ha assicurato che poteva restare seduto per un'ora al ricevimento per la sua unica figlia.»

Wow. È come se Caleb adesso facesse parte della mia cerchia intima, con papà e Max. Mi piace.

Gli do una gomitata. «Immagino che non sia più geloso di Max. Ora voi due state lavorando insieme come una squadra.»

Caleb mi dà un buffetto sotto il mento. «Guardami, sto crescendo.»

Dopo la cena, Audrey si avvicina al nostro tavolo, con un microfono senza fili in mano. «Stiamo per cominciare la parte di ballo della serata. Il re e la regina faranno il primo ballo. C'è qualche possibilità che voi due conosciate i balli di sala?»

Spalanco gli occhi, inorridita. «No.»

«Io so ballare il valzer. Non preoccuparti, guido io.»

«Fantastico!» dice Audrey. Batte un cucchiaio contro un bicchiere per attirare l'attenzione di tutti e poi annuncia il primo ballo reale.

Ho le guance che scottano. È come se fossimo gli sposi, seduti a capotavola, tutti che si congratulano, noi che facciamo il primo ballo.

Comincia la musica, It had to be you, cantata da Harry Connick Jr.

Caleb mi tende la mano, guidandomi giù dalla piattaforma. Papà mi osserva, fiero. Lo saluto con la mano e seguo Caleb sulla pista da ballo. Comincia a muoversi, una mano che tiene la mia, l'altra al centro della mia schiena, guidandomi. È sorprendentemente facile seguirlo. Non avrei mai pensato di essere una brava ballerina.

Mi guardo attorno. Ci stanno osservando tutti. Papà sorride, io gli sorrido. Sembra stare veramente bene.

Caleb mi guida in una lenta piroetta e poi mi riporta indietro. Ci incontriamo, vicinissimi, fissandoci negli occhi. Mi si chiude la gola per l'emozione. Lo amo tanto. Lui continua a ballare, facendo un lento giro intorno alla pista da ballo.

Quando la canzone finisce, siamo vicini al tavolo di papà.

«Congratulazioni, Sloane» dice papà. «La corona ti sta bene. Anche a te, Caleb.»

Tocco la corona. «Mi sto ancora abituando a tutto quanto. È stata un'enorme sorpresa.»

Papà indica oltre la mia spalla.

Mi volto, Caleb è su un ginocchio, in mano ha un anello di fidanzamento con un diamante rotondo. Mi porto le mani alla bocca, stupefatta.

Audrey si affretta a venire da noi, con un microfono in mano che porge a Caleb. Io mi guardo attorno scioccata. Ci stanno sorridendo tutti. Parecchi stanno riprendendo la scena con i loro telefoni.

Torno a guardare Caleb. Uno sguardo alla sua espressione sincera e mi si riempiono gli occhi di lacrime.

«Sloane, ho comprato questo anello dopo il nostro primo appuntamento. Il fulmine ha colpito e ho capito che eri tu. Sei la donna più forte, più gentile e più bella che abbia mai incontrato. Ti amo ogni giorno di più e sarà così per il resto della mia vita. Vuoi sposarmi?»

Annuisco in una nebbia di lacrime, sorridendo. «Sì. Oh sì!» Caleb mi infila l'anello al dito e mi abbraccia stretta.

Gli applausi e gli urrà sono talmente forti che non riesco nemmeno a dire una parola. Mi metto sulla punta dei piedi per sussurrargli direttamente all'orecchio, sperando che riesca a sentirmi: «Ti amo tanto, tanto. Sei la cosa migliore che mi sia capitata».

Caleb mi bacia la guancia. «Ti amo anch'io. Ho sempre saputo che eri tu quella giusta.» Mi fa roteare, facendomi ridere, e poi mi rimette a terra.

La gente si affolla sulla pista da ballo per congratularsi. Rivado con la mente alla prima volta in cui ho parlato con Caleb, al fidanzamento di Jenna ed Eli, quando la gente si era affollata intorno a loro. Ero stata un po' invidiosa e adesso sta succedendo a me. I suoi fratelli e sua sorella mi abbracciano e mi danno il benvenuto nella famiglia. Ora faccio parte anch'io di una grande famiglia felice come ho sempre desiderato.

«Papà!»

È dietro al gruppo che ci circonda. «Scusatemi» dico, facendomi strada verso di lui.

Papà mi tira tra le braccia e mi stringe, accarezzandomi i capelli. «La mia ragazza, una regina e presto una moglie.»

Alzo la testa. «Non dimenticarti che sono la tua socia. È anche quella una cosa da sottolineare.»

«Assolutamente.» Si volta e tende la mano a Caleb che è appena apparso al mio fianco. «Congratulazioni e benvenuto in famiglia.»

Caleb lo abbraccia. «Grazie. Vorrei presentarla alla mia famiglia. La vostra è diventata un po' più grande. E forse un giorno avrà anche dei nipotini. Sia Sloane sia io desideriamo dei figli.»

Gli occhi di papà si riempiono di lacrime e le guance diventano rosse. «Sono esterrefatto. Mia figlia è una regina, una moglie e adesso stai parlando di nipotini?»

«Stai bene, papà? È troppo per il tuo cuore?»

Lui si mette una mano sul cuore. «È esattamente ciò di cui ha bisogno questo cuore.»

Lo abbraccio stringendolo in vita, felice che sia qui per la prossima parte della mia vita. Lui mi bacia i capelli.

«Posso fare una foto per il *Summerdale Sheet*?» chiede una donna.

Mi stacco per guardarla. «Certamente!»

È Nora Shire, una rossa sulla trentina, l'unica persona rimasta dello staff del giornale. Lei mi sorride. «Il fidanzamento dei nostri primi re e regina è una notizia da prima pagina.»

Ci fotografa sulla pista da ballo e poi ci fa andare sulla piattaforma per altre fotografie. Si raccoglie una folla e sembra che tutti vogliano fotografarci seduti sui nostri troni. Alzo la mano per mettere in mostra l'anello. Non mi dispiace farmi fotografare, adesso, come ambasciatrice di Summerdale. È un obiettivo importante. Facciamo parte del futuro della nostra cittadina.

Finalmente, quando tutti hanno finito di fare fotografie, la musica riprende. Un altro lento. Caleb mi prende la mano. «Dobbiamo ballare da fidanzati.»

«Certo, perché no? Balleremo un altro valzer?»

«Questa volta voglio tenerti più stretta.»

Raggiungiamo la pista da ballo e cominciamo il lento ondeggiare. È bello stare tra le sue braccia. Altre coppie si uniscono a noi. Saluto Jenna ed Eli. Sono appena tornati dalla loro luna di miele ai Caraibi. Jenna indica il proprio anulare e mima: *Wow*. Caleb mi ha donato un grande diamante scintillante. Sorrido.

Wyatt e Sydney stanno ballando e parlando animatamente vicino a noi. Adam e Kayla si fissano negli occhi in silenzio.

Perfino papà si è unito a noi e sta ballando con la signora Ellis. Le ha sempre concesso in segreto lo sconto che dà ai cittadini senior sulle riparazioni dell'auto. Lei nega di essere una senior, nonostante abbia superato gli ottanta, quindi papà glielo deduce senza dirglielo.

Mi guardo attorno cercando Max. Dovrebbe essere qui, visto che ha dato un grande aiuto a programmare tutto. È accanto al tavolo dei drink e guarda dall'altra parte della stanza. Seguo il suo sguardo fino a Brooke, che è seduta da sola. Mi chiedo dove sia il suo fidanzato. Pensavo che l'avrebbe invitato a un evento come questo.

«Mi credi adesso, vero?» mi sussurra Caleb all'orecchio. «Riguardo al colpo di fulmine.»

«All'inizio ho pensato che fossi un po' folle, ma questo aggiunge veridicità alla leggenda dei Robinson.»

Mi fa fare un casquè e io strillo sorpresa. «Esattamente.» Mi rimette in piedi. «Voglio solo che tu sappia che qualunque sia il mio programma di viaggio quest'anno, avrò sempre tempo per te. Sei il centro intorno al quale ruota il mio mondo.»

Ingoio il groppo di emozione che ho in gola. «Dai, mi farai piangere. Grazie per averlo detto, ma non sono più preoccupata. Abbiamo un piano che funziona per entrambi.»

«Un giorno racconterai ai nostri nipoti come avevi rifiutato la mia offerta di un drink la prima volta in cui ci siamo incontrati.»

«E tu racconterai loro del colpo di fulmine che ti ha spinto a chiedermi di sposarti al nostro primo appuntamento.»

Caleb mi bacia. «La prima vera proposta di matrimonio è quella di stasera. Prima ti stavo solo informando dei fatti.»

«Che gradasso!»

«Sono il re.»

«Non riesco ancora a credere di essere la regina e anche fidanzata. Che serata folle e meravigliosa.»

«Preparati ad avere una vita folle e meravigliosa.»

Sorrido e lo abbraccio stretto. Oramai credo con tutto il mio cuore alle audaci predizioni di Caleb.

# EPILOGO

*Due mesi dopo*

## Sloane

La primavera è arrivata con la vita che si rinnova e un mucchio di novità a Summerdale. Sono nell'ufficio di papà da Murray's mentre stanno installando delle attrezzature in una campata e rifletto su tutti i meravigliosi cambiamenti. Tutte le raccolte fondi fatte per il rifugio, insieme a una grossa donazione anonima, che può essere venuta solo dal miliardario Wyatt, significano che comincerà presto la costruzione di un rifugio di prim'ordine per animali. Un altro nuovo inizio. Brooke e Paige, le sorelle di Wyatt, hanno comprato la vecchia fattoria alla fine di Lover's Lane e hanno in programma di aprire un Bed & Breakfast.

Ma la notizia migliore è ciò che sta succedendo proprio adesso.

«Siamo pronti per te, Sloane» dice il regista, infilando la testa nell'ufficio.

Esatto. Ho il mio reality show sul Turbo Channel, dal titolo *The Right Fix*, la riparazione giusta. Riparo le auto e insegno alla gente a casa come farlo. La combinazione perfetta dei miei talenti naturali: le auto e l'insegnamento.

Non mi aspettavo di finire in TV; sono stati loro che mi hanno trovata grazie a un video che è diventato virale: io, vestita da Regina Fiocco di Neve, che scendo dal camion in panne, che lo sistemo e poi torno sul trono. Probabilmente aiuta anche il fatto di avere la nostra famosa attrice, Harper Ellis, con i suoi preziosi contatti. Mi ha avvicinato con l'idea, l'ho discussa con papà, che ne è stato sorprendentemente entusiasta, e siamo partiti.

Oggi è la terza volta che registriamo e mi sento abbastanza a mio agio. Il bello è che papà *adora* il programma. Partecipa allo show con me, in un ruolo di supporto. Dice che il lavoro è tornato a essere divertente per lui e che non vuole andare in pensione, mai. Se questo show avrà successo, potrò espandermi, costruire un'altra campata e assumere altri meccanici. Significa che papà avrà *la possibilità* di andare in pensione. Vedremo.

Vado al mio posto al banco da lavoro con i pezzi del carburatore già pronti, insieme ai miei attrezzi. Si accendono le luci, la telecamera punta su di me, il regista dà il via e io mi concentro. Il tempo vola mentre lavoro.

Facciamo una pausa di cinque minuti e quasi non mi rendo conto del tempo che è passato. Poi è ora di passare a un'altra auto, una Toyota Corolla, in modo che possa dimostrare come si cambia l'olio. Operazioni semplici come questa non sono eccitanti, almeno per me, ma servono alla gente che non è cresciuta in un garage come me. Ho registrato anche dei segmenti in cui insegno come cambiare il filtro dell'aria e come controllare quando si ha bisogno di nuovi pneumatici.

La registrazione finisce e la troupe ritira le attrezzature. Sento qualcuno che mi fissa e guardo verso il parcheggio. Caleb è appoggiato alla sua auto con una giacca di pelle e i jeans e mi sta sorridendo. È fiero del mio lavoro.

Sospiro di contentezza mentre si avvicina. L'amore della mia vita.

Gli vado incontro a metà strada e lui mi afferra in un abbraccio enorme che mi solleva da terra.

Mi dà un bacio veloce. «Hai un talento naturale.»

«Sembra una cosa giusta.»

Mi rimette a terra e mi prende il volto con entrambe le mani, chinandosi per un bacio tenero. Mi sciolgo contro di lui. Il bacio diventa più profondo mentre il fuoco divampa tra di noi. Un lungo momento dopo riemergiamo per respirare, guardandoci negli occhi. L'amore tra di noi è palpabile e ci lega insieme. Il mio uomo. Abbiamo intenzione di sposarci quest'estate, in una piccola cerimonia intima.

Sapete, dovrebbero cambiare la storia del brutto anatroccolo. A volte bisogna sentirsi un brutto anatroccolo per padroneggiare la regina che c'è in noi.

Non perdetevi il prossimo volume *Blazing - Max*, nel quale Max si rifiuta di farsi coinvolgere dalla sua cliente più importante. Non aveva previsto che Brooke facesse il primo passo.

**Quando sei il capo, una storia con il tuo migliore cliente è fuori questione. Giusto?**

*Max*

Sono deciso a far crescere in fretta la mia impresa di progettazione di giardini. È l'unico modo per salvare la casa che è della mia famiglia da generazioni. Quindi, quando mi accaparro il cliente più grosso di sempre, la nuova locanda con un grande terreno intorno, so che non è il caso di farmi coinvolgere dalla proprietaria sexy. Inoltre Brooke Winters è fidanzata e non posso rischiare di agitare le acque della piccola comunità da cui dipendo per il successo della mia impresa.

*Brooke*

Avete mai avuto una sfortuna tale con gli uomini da cominciare a portare il vecchio anello di fidanzamento di vostra sorella come scudo anti-uomini? Comunque sta funzionando, ed è una buona cosa. Non posso permettermi una distrazione quando sono il capo architetto della ristrutturazione della vecchia fattoria che mia sorella e io intendiamo trasformare in una locanda. Stiamo entrambe rischiando tutto, inclusi i risparmi di una vita. Dobbiamo aprire in tempo, altrimenti perderemo anche la camicia.

Ma non avevo messo in conto uno stupendo giardiniere paesaggista che illumina ogni caotica giornata e mi distrae con il suo sorriso caloroso. Perfino il mio cane è innamorato di Max. Io sono fatta di una stoffa diversa. Finché lo bacio d'impulso e...

*Fuochi d'artificio.* Non sapevo che fossero una cosa reale.

Ora sono su una china pericolosa e sto disperatamente cercando di porre dei paletti professionali mentre cerco di rispettare i tempi della ristrutturazione. Finirò in un lampo di gloria o in un rovente disastro.

Iscrivetevi alla mia newsletter per non perdervi le nuove uscite: https://www.kyliegilmore.com/ITnewsletter

# ALTRI LIBRI DI KYLIE GILMORE

**Storie scatenate**

Fetching - Wyatt (Libro No. 1)

Dashing - Adam (Libro No. 2)

Sporting - Eli (Libro No. 3)

Toying - Caleb (Libro No. 4)

Blazing - Max (Libro No. 5)

**I Rourke di Villroy,**

**Principi da sogno ed eroine tostissime.**

Royal Catch - Gabriel (Libro No. 1)

Royal Hottie - Phillip (Libro No. 2)

Royal Darling - Emma (Libro No. 3)

Royal Charmer - Lucas (Libro No. 4)

Royal Player - Oscar (Libro No. 5)

Royal Shark - Adrian (Libro No. 6)

**I Rourke di New York**

Rogue Prince - Dylan (Libro No. 1)

Rogue Gentleman - Sean (Libro No. 2)

Rogue Rascal - Jack (Libro No. 3)

Rogue Angel - Connor (Libro No. 4)

Rogue Devil - Brendan (Libro No. 5)

Rogue Beast - Garrett (Libro No. 6)

Andate sul mio sito web kyliegilmore.com / italiano per vedere la lista aggiornata dei miei libri.

# L'AUTRICE

Kylie Gilmore è l'autrice Bestseller di USA Today delle serie: I Rourke; Storie scatenate; The happy endings Book Club; The Clover Park e The Clover Park Charmers. Scrive romanzi rosa umoristici che vi faranno ridere, piangere e allungare le mani per prendere un bel bicchiere d'acqua.

Kylie vive a New York con la sua famiglia, due gatti e un cane picchiatello. Quando non sta scrivendo, tenendo a bada i figli o prendendo debitamente appunti alle conferenze per gli scrittori, potete trovarla a flettere i muscoli per arrivare fino all'armadietto in alto, dove c'è la sua scorta segreta di cioccolato.

Iscrivetevi alla newsletter di Kylie per avere notizie sulle nuove uscite e sulle vendite speciali: kyliegilmore.com/IT-newsletter. Controllate il sito web di Kylie per trovare altra roba divertente: https://www.kyliegilmore.com/italiano/.